Une insurmontable obsession

ANNE McALLISTER

Une insurmontable obsession

Traduction française de
CÉLIA VAL

AZUR
HARLEQUIN

Collection : Azur

Titre original :
THE RETURN OF ANTONIDES

Ce roman a déjà été publié en 2016

HARPERCOLLINS FRANCE
83-85, boulevard Vincent-Auriol, 75646 PARIS CEDEX 13
Service Lectrices — Tél. : 01 45 82 47 47 - www.harlequin.fr
ISBN 978-2-2804-7010-0 — ISSN 0993-4448

Composé et édité par HarperCollins France.
Imprimé en janvier 2022 par CPI Black Print (Barcelone)
en utilisant 100% d'électricité renouvelable.
Dépôt légal : février 2022.

FSC
www.fsc.org
MIXTE
Papier issu de sources responsables
FSC® C159065

Pour limiter l'empreinte environnementale de ses livres, HarperCollins France s'engage à n'utiliser que du papier fabriqué à partir de bois provenant de forêts gérées durablement et de manière responsable.

1.

— Se marier, c'est tellement épuisant !

Althea Halloran s'effondra sur la banquette arrière du taxi et ferma les yeux sans plus bouger.

— C'est pour ça qu'on ne le fait en général qu'une seule fois, rétorqua Holly, grimpant dans le véhicule à la suite de sa belle-sœur.

Elle indiqua au chauffeur son adresse à Brooklyn, et la voiture se glissa dans la circulation déjà dense de cette fin d'après-midi.

— Ces robes étaient vraiment affreuses, reprit-elle en pensant à ces créations couleur bonbon qu'elle avait essayées toute la journée.

Et dire qu'elle avait déjà porté pareilles horreurs pour les précédents mariages d'Althea ! Etre demoiselle d'honneur avait ses inconvénients…

— C'est la dernière fois que je me marie, promit Althea. Je le jure. Je sais, je suis trop impulsive… Mais Stig est différent. Avec lui, ça va marcher.

Pendant les huit années qu'avait duré l'union de Holly et de Matt, le frère d'Althea, celle-ci s'était mariée et avait divorcé trois fois.

Stig Mikkelsen, hockeyeur suédois, n'avait rien en commun avec les professeur, médecin et courtier en Bourse qu'elle avait autrefois épousés. Il était entré en coup de vent dans sa vie et, usant de son charme, avait balayé sa promesse de ne plus jamais se marier. Il avait surtout redonné à Althea le goût de vivre qu'elle avait perdu après ses désastreux mariages et, pour cela, Holly le bénissait tous les jours.

Lorsque Althea avait commencé à planifier la cérémonie et supplié Holly d'être sa « seule et unique demoiselle d'honneur », elle n'avait pas eu d'autre choix que d'accepter.

Elle s'était même juré de rentrer une nouvelle fois, et sans se plaindre, dans une de ces ridicules robes pastel qui la faisaient ressembler à un chou à la crème. Les belles-sœurs avaient donc arpenté Manhattan pendant des heures en quête de la robe parfaite… en vain.

— Stig saura dénicher LE vêtement qui nous mettra en valeur. Il viendra avec nous la prochaine fois.

— C'est vraiment un homme parfait s'il accepte !

Même pour un sportif pareil, suivre Althea dans une séance de shopping relevait de l'exploit !

— Tu sais, il y a plein de célibataires dans son équipe de hockey, glissa Althea en jetant à sa belle-sœur un regard pour le moins évocateur.

— Non, répondit Holly sans lui laisser le temps de développer. Je ne suis pas intéressée.

— Tu ne sais même pas ce que j'allais dire !

— Vraiment ? lança Holly, en haussant un sourcil.

Althea afficha l'air boudeur dont elle avait le secret et reprit :

— Certains de ces gars sont vraiment intéressants… et plutôt craquants !

— Tant mieux pour eux.

— Mais tu n'as même pas trente ans ! Il faut en profiter ! T'éclater ! Rencontrer du monde ! Et, surtout, vivre ta vie !

— Je sais.

Mais Holly avait bel et bien perdu le goût de vivre. Elle tourna la tête pour masquer les larmes qui commençaient à mouiller ses yeux.

Althea posa sa main sur le genou de Holly et le caressa affectueusement.

— Je sais qu'il te manque, dit-elle d'une voix douce, étranglée par l'émotion. Il nous manque à tous.

Matt, son frère... L'époux de Holly. L'épicentre de sa vie.

A tout juste trente ans, Matthew Halloran avait tout pour réussir. Il était intelligent, plein d'esprit, bel homme. Psychologue de profession, il travaillait principalement avec les adolescents et adorait son métier. Il adorait la vie, tout simplement. Randonner, skier, camper, jouer au foot. Vivre à New York dans ce studio au cinquième étage sans ascenseur qu'il avait loué avec Holly quand ils s'étaient installés en ville. Et cette vue depuis l'appartement qu'ils venaient d'acheter dans un quartier rénové de Brooklyn. Ils avaient tant de fois admiré Manhattan, main dans la main...

Mais, plus que tout, c'est sa femme que Matt adorait.

Il le lui avait encore dit ce fameux samedi matin, deux ans et quatre mois plus tôt, en l'embrassant avant d'aller disputer un match de basket avec ses copains.

— Je t'aime, Hol...

Elle venait à peine de se réveiller. Elle avait levé la tête de l'oreiller et déposé un baiser sur sa main.

— Tu pourrais me le dire de plus près, avait-elle suggéré avec un sourire au coin des lèvres.

Matt lui avait décoché un clin d'œil dans lequel transparaissait une petite pointe de regret.

— Tentatrice... Je serai de retour à midi. Et à ce moment-là...

Ce furent les dernières paroles de Matt pour la femme qu'il aimait. Deux heures plus tard, la vie avait quitté son corps. « Rupture d'anévrisme », avait-on dit à Holly. Imprévisible... Il s'était écroulé à la fin du match, et le monde de Holly s'était effondré en même temps que lui.

Au début, elle avait été comme paralysée. Elle ne parvenait pas à y croire. Pas lui. Il était indestructible ! En pleine santé, jamais malade... Il avait la vie devant lui.

Mais cette vie s'était brisée en un instant, et Holly allait désormais devoir apprendre à surmonter cette terrible douleur.

Mission impossible. Les premiers mois, elle n'avait qu'une envie : pleurer et évacuer toute sa peine avec ses larmes. Mais elle devait tenir bon pour donner à sa classe d'adolescents perturbés toute l'attention dont elle avait besoin. Ses élèves connaissaient bien Matt. En compagnie de Holly, il prenait un grand plaisir à leur enseigner le kayak et le canoë le samedi. Ils avaient partagé son chagrin, mais comptaient sur elle pour faire face et rester la femme forte qu'elle était avant le drame. Matt, psychologue, aurait été le premier à lui dire qu'ils avaient besoin d'un modèle et que le rôle de l'adulte était de le leur fournir.

Pour eux, elle avait fait l'effort de se reprendre. Elle avait mis sa peine de côté, essuyé ses pleurs et affiché son plus beau sourire, mettant un pied devant l'autre, avançant coûte que coûte. La vie avait finalement fini par reprendre des couleurs normales mais pour elle, bien sûr, rien n'avait plus jamais été comme avant.

Elle avait appris à avancer, mais elle ne se sentait pas prête à considérer sérieusement les hommes que sa famille et ses amis tenaient absolument à lui présenter. Elle ne voulait pas d'un autre homme ! Elle ne désirait que Matt, celui qu'elle avait tant aimé…

Pourtant, Althea ne cessait d'insister. De son côté, la mère de Holly, bien que divorcée et peu amène envers les hommes, lui avait suggéré de s'inscrire à une croisière pour célibataires. Et même les parents de Matt, à Noël, lui avaient dit que leur fils n'aurait jamais voulu qu'elle reste seule.

Quelques mois plus tôt, pour rassurer ses proches, elle s'était mise à sortir régulièrement avec Paul, un collègue de Matt. Plutôt charmant et bel homme, il avait une assurance et une élégance qui lui rappelaient Matt… mais il n'était pas Matt. Lui-même divorcé de longue date, il ne croyait plus du tout au mariage. Il y avait donc peu de chances qu'elle l'épouse. Mais sa présence dans la vie de Holly avait le mérite de rassurer tout le monde, et les remarques se faisaient moins insistantes.

— Si tu épousais Paul, reprenait Althea, tu n'aurais pas besoin de partir dans le Pacifique et de passer deux ans assise dans un atoll perdu ! Je n'arrive pas à croire que tu te sois engagée dans pareille aventure.

A l'automne précédent, lassée de voir que sa vie n'avait plus de sens et comprenant qu'il lui fallait un nouveau cap pour avancer, Holly avait postulé pour rejoindre le Corps de la Paix, une organisation qui était chargée d'aider les pays en voie de développement. Ils lui avaient alors proposé d'enseigner deux ans dans une petite île du Pacifique. Sa formation devait débuter en août à Hawaii.

— Ça me changera les idées.

— Et Paul ne peut pas t'en dissuader ?

— Non.

— Quelqu'un devrait s'en charger, grommela Althea. Tu as besoin d'un compagnon qui sait s'imposer. Paul est trop gentil pour toi ! Par contre…

Sa belle-sœur se redressa alors qu'un sourire naissait sur ses lèvres.

— Lukas Antonides ferait l'affaire, reprit-elle.

— Pardon ? Qui ?

Complètement décontenancée, Holly fixa Althea, les yeux écarquillés. D'où sa belle-sœur sortait-elle ce nom ?

— Lukas, tu te souviens de lui ? Tu le suivais comme un petit chien ! continua Althea, particulièrement fière d'elle.

Holly en restait bouche bée. Comment l'oublier ?

— C'était Matt que je suivais, pas lui !

Et Matt, de son côté, suivait Lukas…

Lukas avait emménagé à côté de chez Matt lorsque ce dernier avait onze ans. Holly en avait neuf. Il avait exercé sur eux une attraction irrésistible.

— Ah ! Lukas…, fit Althea, la voix rêveuse. Quel charmeur ! Il l'est toujours, d'ailleurs.

— Comment peux-tu le savoir ? s'énerva Holly. Il vit de l'autre côté de la planète !

Lukas avait passé cinq ou six ans en Australie après avoir longuement voyagé en Europe. Non pas qu'elle ait suivi ses pérégrinations, mais Matt avait gardé le contact, alors forcément…

Depuis la mort de son mari, elle ne savait plus vraiment où se trouvait Lukas. Elle avait reçu une carte de condoléances portant simplement sa signature, sans le moindre mot. Une petite attention simple dans un moment douloureux, juste ce dont elle avait besoin.

Elle ne s'attendait pas qu'il vienne à l'enterrement. Heureusement, il était bien trop loin pour cela. Car devoir gérer sa présence en plus de tout le reste aurait vraiment été trop difficile pour Holly. Elle n'avait plus eu de véritable contact avec lui depuis une douzaine d'années, alors pourquoi Althea lui en parlait-elle maintenant ? Lukas était au fin fond de l'Australie à extraire des opales, à dompter des kangourous ou à se consacrer à la dernière fantaisie qui avait suscité son enthousiasme.

— Il est de retour, déclara sa belle-sœur. Tu n'as pas lu l'article dans *What's New* ?

Holly sentit soudain l'angoisse monter en elle. C'était la fin de l'année scolaire, et elle avait trop à faire pour lire quoi que ce soit d'autre que les travaux de ses élèves. D'ailleurs, *What's New* était un magazine qui ne s'intéressait qu'aux célébrités et ce n'était pas vraiment son genre de lecture.

— Non, je ne savais pas que…

— Pourtant, il fait la couverture, la coupa Althea en riant. Tu n'avais pas besoin d'acheter le magazine ! Il y a tout un article sur sa fondation caritative et la galerie d'art contemporain australien qu'il est en train d'ouvrir ici, à New York.

— Lukas ?

Elle avait déjà du mal à associer son nom à l'art contemporain alors la fondation caritative, c'était la cerise sur le gâteau !

— Si, si, je t'assure. La galerie attire déjà l'intérêt des investisseurs. Elle est située à SoHo. Très à la mode, comme quartier. Lukas aussi devient très à la mode. On entend de plus en plus parler de lui, tu sais…

Le visage de Holly se ferma.

— Grand bien lui fasse.

Althea secoua la tête.

— Qu'est-ce que tu as contre lui ? Vous étiez amis…

— Matt était ami avec lui, précisa Holly.

L'arrivée de Lukas dans leur quartier avait bouleversé sa vie, songea Holly. Il s'était immiscé dans l'amitié si précieuse qu'elle entretenait avec Matt, et elle avait parfois l'impression de passer au second plan. Matt ne l'avait pas laissée tomber pour autant, non. Il était quelqu'un de responsable et elle pouvait compter sur lui. Elle se rappelait souvent avec amertume le jour où le père de Lukas avait organisé une balade en voilier sans qu'elle y soit conviée.

— Tu joueras avec Martha, avait décrété Lukas.

Martha, la sœur jumelle de Lukas, était d'un caractère totalement différent. Elle passait des heures à dessiner tandis que Holly ne savait pas tenir un crayon. Ce qu'elle aimait, elle, c'était nager, jouer au basket, attraper des grenouilles… Tout comme Matt. Elle aimait tout ce qu'aimait Matt… Sauf Lukas !

Ce nouveau venu la mettait mal à l'aise, alors qu'avec Matt, tout se passait toujours très naturellement. Lukas était imprévisible et fascinant, un peu comme un prédateur. Si dangereux et pourtant si attirant…

Et s'il était aujourd'hui de retour à New York, c'était une raison de plus pour elle de s'en aller.

— Son travail dans les mines d'opales lui a rapporté une

petite fortune, poursuivait Althea. Et, en homme avisé, il a investi dans d'autres affaires à l'international, ton Lukas.

— Ce n'est pas *mon* Lukas ! protesta vigoureusement Holly.

— Eh bien, tu devrais songer à changer cela, fit sa belle-sœur avec le plus grand sérieux. Il est plus bel homme que jamais et tellement attirant. Vraiment sexy.

— Plus que Stig ?

— Non, ça, ce n'est pas possible, répliqua Althea en souriant. Mais franchement, Lukas déborde de sex-appeal.

— Et doit en être très conscient, j'imagine.

Il l'avait toujours été. A peine avait-il commencé à fréquenter la gent féminine qu'il avait compris le pouvoir de son charme ravageur.

— Ça ne t'engage à rien de le revoir. En souvenir du bon vieux temps…

— Je préfère éviter, répliqua Holly.

Heureusement pour elle, leur taxi allait bientôt arriver, ce qui mettrait fin à la conversation. Althea haussa les épaules.

— Comme tu voudras. Mais Paul ne lui arrive pas à la cheville. Si Stig n'était pas là…

Mais Althea avait la chance que l'amour de sa vie soit auprès d'elle, songea Holly avec tristesse. Pour sa part, elle avait perdu le sien.

— Garde-le bien, ton Stig… Désolée pour la robe, d'autant que je ne suis pas libre samedi prochain, j'ai kayak avec les jeunes…

— Oh ! Alors, j'irai seule avec Stig. Tu nous fais confiance pour choisir ta robe ?

Holly serra les dents et afficha son plus beau sourire.

— Bien sûr ! C'est ton mariage, tu choisis ce que tu veux !

Althea la prit dans ses bras.

— Tu es vraiment une fille en or, Holly ! Tu ne me lâches pour aucun de mes mariages.

Elles s'échangèrent un rapide regard. L'espace d'une

seconde, Holly ne put s'empêcher de voir dans les yeux de sa belle-sœur l'air tendre et malicieux de Matt.

— Je sais que ça a été dur et que ta vie ne sera plus jamais la même, reprit-elle. Pas plus que la mienne. Mais Matt ne voudrait pas qu'on s'enferme dans le chagrin, ni toi ni moi.

Les yeux de Holly se brouillèrent de larmes. Elle savait qu'Althea avait raison. Matt allait toujours de l'avant, quoi qu'il advienne. Il aurait attendu d'elle qu'elle en fasse de même.

— L'homme qu'il te faut se présentera un jour, lui assura sa belle-sœur. Tout comme Stig est arrivé dans ma vie au moment où je n'y croyais plus.

— Peut-être, concéda Holly en sortant du taxi.

— Et peut-être même que ce sera Lukas !

Quelques années plus tôt, Lukas Antonides se sentait chez lui à New York. Il adorait la ville, ses bruits, ses lumières, son rythme effréné. A l'époque, cela lui donnait des ailes. Aujourd'hui, cela ne lui donnait plus que mal à la tête.

Mais la ville était-elle vraiment l'unique cause de tous ses maux ?

Il avait toujours travaillé dur, assumant sans faille les hauts et les bas qu'il avait rencontrés. Pourtant, il savait qu'à tout moment, il pouvait laisser tomber ce qu'il faisait et changer de vie. Bien sûr, hors de question d'abandonner la galerie. Mais devoir être responsable de tant d'artistes qui comptaient sur lui alors qu'il avait déjà du mal à s'occuper de sa propre personne le rendait véritablement malade.

D'habitude, monter un nouveau projet faisait naître en lui une excitation et une motivation qu'il ne pouvait trouver nulle part ailleurs. C'est pour cette raison qu'il avait acheté ce vieil immeuble de SoHo tout en brique qu'il voulait rénover afin d'y installer non seulement une galerie mais aussi un ensemble de bureaux et d'appartements. Il avait commencé par la galerie qui lui prenait une grande part de son énergie.

Et puis il y avait aussi sa mère qui, depuis son retour d'Australie, ne se gênait plus pour demander : « Est-ce que c'est la bonne ? » chaque fois qu'il mentionnait le nom d'une femme. Elle était pressée de le voir marié, comme toute bonne mère grecque. De toute la fratrie, il était le seul à ne pas encore avoir la bague au doigt. Il lui avait expliqué qu'il se marierait quand il serait prêt, sans préciser qu'il ne se voyait pas l'être un jour. Cela faisait longtemps qu'il avait abandonné cette idée-là.

Pour couronner le tout, il devait absolument prendre une décision à propos de l'attribution des bourses de la fondation MacClintock. Pour son plus grand malheur, Skeet MacClintock l'avait promu au rang de gérant de cette fondation et il n'avait pas su dire non. Son vieil ami et ancien mentor, rencontré dans les mines d'opales, savait pourtant qu'il n'était pas un homme de paperasse !

— La dernière pile, fit Serafina, sa secrétaire, en déposant devant lui avec un sourire en coin un tas de dossiers bien épais.

Lukas marmonna dans sa barbe. Il n'était vraiment pas fait pour ça, mais Skeet savait bien, en lui confiant cette tâche, qu'il ne se déroberait pas devant de telles responsabilités. Une fondation qui avait pour but de tendre une main secourable à des jeunes dans le besoin ne pouvait pas le laisser insensible. Lukas soupira et parvint à sourire.

— OK, Sera, merci.

— Vous allez y arriver, vous verrez…

Lukas leva les yeux au ciel et se replongea dans les dossiers. Skeet MacClintock était un expatrié new-yorkais, tout comme lui, et lui avait appris le métier de chercheur d'opales. A son contact, Lukas avait rapidement acquis la maturité qui lui manquait pour affronter la vie et développé une fougue qui faisait désormais véritablement partie de son identité. Sans prévenir, il lui arrivait de partir pour des semaines, voire des mois, au hasard de ses rencontres, dans l'équipage d'un bateau en partance. Il ne disait jamais à Skeet s'il reviendrait, ni quand. Mais il revenait toujours, car il y avait dans la recherche des opales quelque chose qui le fascinait. C'était épuisant mais la récompense le stimulait et le comblait tout à la fois.

Il s'était senti bien en compagnie de Skeet, qui n'avait jamais rien exigé de lui. Pas même lorsqu'il était tombé malade. Il s'était soigné au mieux et avait continué dans la mine mais, un beau jour, il s'était tourné vers Lukas.

— Sois mon exécuteur testamentaire, avait-il déclaré d'une voix faible. Tu t'occuperas de tout… après.

Lukas avait voulu protester, lui dire qu'il avait encore le temps avant de devoir penser à de telles choses, mais Skeet n'était pas dupe.

— Alors, avait repris son mentor, tu en dis quoi ?

Lukas avait accepté. Après tout, Skeet était comme un père pour lui. Il ne s'agissait que de répartir les biens du vieil homme, rien de plus…

Biens dont il avait découvert avec surprise l'ampleur après avoir enterré son ami. Qui aurait cru que Skeet, qui vivait dans une cabane sans confort, avait amassé pareille fortune ? Lukas savait que l'homme avait le sens des affaires, car il lui avait donné de bons conseils pour faire fructifier ses parts de la mine, mais il ne se doutait pas que Skeet avait créé une fondation pour aider ceux qui avaient besoin que « quelqu'un croie en eux pour croire en leur potentiel ». En tout cas, depuis que la fondation avait publié dans *What's New* son intention d'accorder des bourses, il y avait foule au portillon. Heureusement que Serafina était là pour gérer les montagnes de courrier, trier les dossiers, répondre au téléphone et rassurer les artistes inquiets ! Elever sept enfants lui avait visiblement donné des nerfs d'acier, et Lukas était impressionné par tant d'énergie.

Quand il se demandait qui aurait le plus besoin d'aide parmi tous les candidats, il repensait à son vieil ami. Skeet avait fait partie de ceux qui ne croyaient pas en eux-mêmes. Epris d'une jeune femme de la bonne société, il n'avait jamais osé lui demander sa main car il estimait n'avoir rien d'autre à lui offrir que son amour. Skeet l'avait avoué à Lukas un beau soir, alors qu'ils triaient les roches qui leur fourniraient les plus belles opales.

— Cela ne sert à rien de douter de soi. Le temps que je devienne quelqu'un, elle en avait déjà épousé un autre. Parfois, on a besoin d'un coup de pouce pour oser aller de l'avant. Mais tu es bien placé pour le savoir, je ne t'apprends rien…

Leurs regards s'étaient croisés. Lukas savait que Skeet avait vu clair dans son jeu, et compris que son indifférence affichée vis-à-vis de son passé cachait quelque chose. Tout comme Skeet, il avait douté de lui-même et c'était pour aider les jeunes dans le doute que son ami l'avait mis à la tête de cette fondation. Il s'obligea à ouvrir le dossier suivant. C'était le début du mois de juin, et l'appel à candidatures se terminait dans quinze jours. Il n'avait pas une minute à perdre s'il voulait examiner toutes les candidatures à temps.

Il se concentra de son mieux. Mais soudain, Sera apparut dans l'embrasure de la porte.

— Grace Marchand a appelé pour que vous la preniez chez sa grand-mère à 20 heures.

— Si j'ai fini, grimaça Lukas en désignant les dossiers.

Même submergé par le travail, comment aurait-il pu oublier son rendez-vous avec Grace ? Petite-fille du grand amour de Skeet, il la voyait un peu comme un clin d'œil lancé par son ami depuis le ciel…

Une fille merveilleuse, pensa Lukas en essayant de se motiver. D'ailleurs, Sera admirait la jeune femme. Elle parlait cinq langues et était diplômée en histoire des arts. Il ne faisait aucun doute que Skeet aurait adoré cette grande blonde au visage magnifique.

Toutes ces qualités n'avaient pas laissé Lukas indifférent, et c'est bien pour cela qu'il sortait avec elle : dîners, concerts, soirées caritatives… Grace était de bonne compagnie et extrêmement charmante. Mais même si cela aurait fait plaisir à Skeet, il n'avait nullement l'intention de l'épouser.

Avant de se retirer, Sera lui tendit un dossier.

— Tenez, un dernier. Vous devriez y jeter un coup d'œil.

— Pas ce soir, j'en ai trente autres qui m'attendent. Tout New York semble avoir besoin de cinq cent mille dollars !

— Pas cette jeune femme. Tout ce qu'elle veut, c'est la moitié d'un bateau, dit sa secrétaire en déposant le dossier devant lui.

— Elle veut… quoi ? demanda Lukas, déconcerté.

— La moitié d'un bateau ! C'est vraiment bizarre !

Lukas se leva et fit des allers-retours dans son bureau sans même s'en rendre compte. Il n'y avait qu'une femme au monde pour formuler une demande pareille : Holly. Après toutes ces années… La fatigue de Lukas s'était subitement envolée. Et son cœur battit de plus belle en découvrant la signature en bas du dossier. Holly Halloran… Ferme, décidée : son écriture reflétait bien son caractère. Sa lettre était écrite sur un beau papier ivoire, à l'en-tête de St Brendan School, une importante école de Brooklyn, mais Lukas n'eut pas le temps d'en entamer la lecture qu'une photo s'échappa du dossier.

Il la rattrapa avant qu'elle atteigne le sol et fut immédiatement envahi par un mélange de chagrin et de nostalgie. Le bateau. Un passé presque oublié lui sauta tout à coup au visage. Quand il l'avait vu pour la dernière fois, le voilier avait un trou énorme dans la coque. Matt l'avait réparée, mais le mât était toujours brisé et le pont ne se portait pas mieux. Il y avait du travail avant qu'il puisse reprendre la mer.

Lukas se rassit pour recouvrer ses esprits.

Sera le regardait curieusement.

— C'est… C'est votre bateau ? demanda-t-elle timidement.

— A moitié, oui…

— Oh ! Eh bien, je vous laisse traiter le dossier et je rentre.

Lukas ne reprit la lettre qu'une fois la porte fermée. Les mots dansaient devant ses yeux, qu'il ferma. Aussitôt, il vit apparaître le portrait de Holly. Les souvenirs remontaient peu à peu, par fragments. Holly à neuf ans, toute en jambes et maigrichonne ; Holly à treize ans, riant avec ses amies ; Holly à quinze ans, avec son corps de jeune femme, courant sur la plage les cheveux au vent ; Holly à dix-sept ans, qui n'avait plus d'yeux que pour Matt ; Holly à dix-huit ans, avec son regard sombre lorsqu'elle avait appris que Matt s'était cassé la jambe en partant à l'aventure avec Lukas ; Holly, deux semaines plus tard, riant le soir du bal de fin d'année, superbe, nerveuse et défiante à la fois, avant de s'adoucir et de lui offrir un sourire, enfin, pour une fois…

Et puis Holly, cette nuit-là, sur le bateau de son père, le regard plein de doutes, d'appréhension et d'interrogations, avant qu'il s'emplisse de…

Lukas balaya ces souvenirs et rouvrit les yeux. Il laissa tomber la photo sur le bureau et s'attaqua à la lettre, aux premiers mots que Holly Halloran lui adressait depuis douze longues années.

2.

Où pouvait-elle bien être ?

Debout sur le ponton de la marina, Lukas cherchait Holly des yeux dans la foule des canoës et des kayaks qui manœuvraient sur le bassin couvert de l'East River. Entre la rénovation des lofts au-dessus de sa galerie, l'installation de ses artistes dans les locaux et les dossiers de bourse qui l'attendaient, il n'avait aucune raison valable de traîner ici. Mais Holly était là alors il se devait de l'être aussi. Enfin, c'était ce qu'avait dit le principal de St Brendan School.

La lettre dans laquelle Holly lui demandait d'offrir à l'école le bateau à voile qu'il avait voulu restaurer avec Matt avait déclenché en lui une avalanche de souvenirs qui lui brouillait désormais l'esprit. Apparemment, elle voulait « régler certains problèmes avant de partir ». Durant les premiers jours, il était parvenu à chasser Holly de sa mémoire. Après tout, cela faisait bien douze ans qu'il le faisait. C'était fini entre eux, s'était-il dit. D'ailleurs, cela n'avait même jamais commencé et le plus raisonnable, il le savait, était d'en rester là. Pourtant, c'était impossible : il ne pouvait se résoudre à signer le formulaire de donation du bateau sans l'avoir revue. Et la simple pensée de lui parler lui redonnait de l'énergie, alors qu'il se traînait depuis son retour.

Holly était encore en cours à cette heure-ci. Il aurait pu laisser un message mais il savait bien qu'elle ne le rappellerait pas. Si elle avait voulu lui parler, elle aurait joint son numéro de téléphone à sa lettre. Il avait alors cherché à rencontrer le principal de l'établissement. Le père Morrison s'était montré très aimable et l'avait tout de suite reconnu.

— Matt vous tenait en grande estime.

— Matt ? avait répété Lukas, surpris.

— Il nous aidait comme volontaire : avec Holly, il donnait des cours de kayak et de canoë. Il tenait vraiment à ce que les jeunes apprennent la voile et, peu avant sa mort, il m'avait parlé de ce bateau. Holly m'a expliqué qu'elle vous avait demandé votre accord pour en faire don à St Brendan.

— Eh bien, j'aimerais m'entretenir avec elle avant, avait répondu Lukas. Je reviens tout juste d'Australie et je n'ai pas ses coordonnées.

— Je ne peux pas vous les fournir, question de confidentialité, mais vous pourriez croiser Holly à la marina samedi matin. C'est là qu'elle enseigne aux jeunes.

— Merci, mon père, j'y serai.

Et c'était ainsi qu'il se retrouvait sur le ponton, à aller et venir, sans parvenir à l'apercevoir. La dernière fois qu'il l'avait vue, c'était dix ans plus tôt, à son mariage. Depuis, à chaque fois qu'il était revenu, il avait vu Matt mais pas Holly.

Il y avait toujours une bonne raison : elle rendait visite à sa mère, elle enterrait la vie de jeune fille d'une amie… Peut-être était-ce vrai. Matt y avait cru sans se douter une seconde que Holly évitait la confrontation.

Lukas enfonça ses poings dans les poches de son pantalon. Il savait très bien que ce n'était pas une bonne idée de venir là et qu'il était dangereux de réveiller les vieux souvenirs. Et puis, allait-il vraiment reconnaître Holly ?

Oui, il en était aussi sûr que de son propre nom. Il ne s'était pas écoulé un jour sans qu'il ne pense à elle depuis qu'elle était entrée dans sa vie sans le vouloir et sans qu'il s'en rende compte…

Sa famille venait d'emménager à Long Island quand il avait rencontré Matt. Ils s'étaient liés d'amitié et, un beau jour, alors qu'ils parlaient d'une prochaine sortie en mer qu'organisait le père de Lukas, ils avaient vu débarquer une fillette maigrelette au visage constellé de taches de rousseur qui s'était plantée devant lui.

— Tu ne peux pas être le meilleur ami de Matt, j'ai déjà pris la place, lui avait-elle dit avant de lui décocher un coup de pied.

En représailles, il avait tiré ses tresses et, depuis, les choses ne s'étaient pas vraiment arrangées. Frère de deux sœurs, Lukas n'avait pas besoin d'une fille de plus dans son entourage, surtout d'un pot de colle pareil : Matt et lui ne pouvaient pas faire deux pas sans qu'elle soit derrière eux.

— Va voir ailleurs ! Grandis un peu ! lui disait-il quand il ne la taquinait pas pour le plaisir de la voir rougir.

Elle avait grandi et la situation n'avait cessé d'empirer. Ses seins s'étaient arrondis, elle avait troqué ses nattes contre une coupe courte et décoiffée qui accentuait ses pommettes et faisait ressortir ses grands yeux bleus. L'appareil dentaire qu'elle portait avait laissé place à un large sourire habillé d'un délicat trait de rouge à lèvres.

Mais ce sourire ne lui était jamais destiné… Pourtant, il semblait à Lukas qu'elle le regardait parfois à la dérobée.

Mais Matt restait son principal centre d'intérêt : « Je l'épouserai », avait-elle répété au fil des années.

La première fois qu'ils avaient entendu cela, Lukas s'était moqué de Holly et Matt avait levé les yeux au ciel. Mais à quatorze ans, l'heure du premier baiser était arrivée, épisode que Matt n'avait pu s'empêcher de raconter à Lukas.

— Holly et toi ? ! Beurk !

Surpris de la réponse de son ami, Matt avait eu presque honte avant que l'euphorie reprenne le dessus.

— Tu parles, c'était génial !

Lukas, qui avait l'habitude d'embrasser toutes les filles qui tombaient sous son charme, n'avait pas compris que Matt s'en tienne seulement à Holly.

Une fois le lycée terminé, le couple s'était fiancé. Lukas était tombé des nues.

— Vous êtes fous ! Comment vous pouvez imaginer passer votre vie entière avec la même personne ?

Mais ils n'avaient prêté aucune attention à ses paroles. Après tout, il avait toujours été immature en amour. Il avait même expliqué à Holly qu'elle n'était pas vraiment amoureuse de Matt, qu'elle se faisait des idées et qu'elle allait un jour se réveiller pleine de regrets. Elle l'avait très mal pris et lui en avait voulu. Encore plus…

Holly avait vingt ans et Matt vingt-deux quand le mariage avait eu lieu. Lukas se trouvait de l'autre côté de la planète quand il avait reçu l'appel de Matt qui le voulait absolument pour témoin.

— Mais je suis en Thaïlande ! avait-il protesté.

— Prends un avion. Tu es mon meilleur ami et tu as toujours été là pour moi, tu ne peux pas rater un des jours les plus importants de ma vie.

Matt avait joué la carte des sentiments et donné mauvaise conscience à Lukas, qui était finalement venu au mariage. Il avait rempli son rôle sans faillir, prononçant même le petit discours d'usage en portant un toast aux mariés. Il s'était ensuite enfui, prétextant qu'il n'avait pas pu réserver d'avion plus tard. Matt pouvait bien se délecter de sa vie de couple et de la monotonie qui s'ensuivrait, lui courait retrouver sa liberté.

Et la liberté, c'était ce qu'il avait de plus précieux, se répétait-il depuis. Il n'avait toujours pas changé d'avis aujourd'hui, alors qu'il scrutait l'horizon à la recherche de Holly. Le tout, c'était de ne pas laisser le passé prendre trop de place…

Elle apparut soudain en face de lui, filant vers le ponton, accompagnée par une dizaine de jeunes pagayant à côté d'elle.

Le cœur de Lukas fit un bond. Elle avait toujours cette

allure déterminée, et menait son canoë avec aise et précision. Elle n'avait pas changé.

Il se rappela l'époque où elle ne savait pas pagayer. Il s'était servi de ce prétexte pour ne pas l'emmener dans l'une des virées qu'il avait organisée avec Matt.

Elle avait relevé le menton d'un air de défi.

— J'apprendrai !

— Ah bon ? Et qui te donnera des leçons ?

Elle n'avait eu aucun mal à embaucher le frère aîné de Lukas, Elias, qui la trouvait particulièrement jolie... La fois d'après, ils avaient dû l'emmener puisqu'elle savait pagayer.

Holly venait de monter sur le ponton et donnait ses instructions aux élèves pour le rangement des canoës. Elle avait toujours la même allure adolescente sous la casquette qui la protégeait du soleil. Un des garçons de l'équipe lança une plaisanterie qui l'amusa, et la gorge de Lukas se noua au son de son rire qui le transporta des années en arrière.

Il l'appela.

— Holly... Te retrouver ici, ça alors !

Les lunettes de soleil que portait Holly masquèrent sa réaction. L'un des adolescents interpella Lukas.

— Vous connaissez madame Halloran ?

— On a grandi ensemble. Parole de scout !

— Tu n'as jamais été scout ! lança Holly d'un ton acerbe.

— Tiens, elle parle, ironisa Lukas, amusé de la voir rougir sous ses taches de rousseur. Eh bien si, figure-toi, j'ai été louveteau quand j'avais huit ans. Avant qu'on se connaisse.

Holly grommela quelque chose d'inaudible en s'avançant vers lui. Le T-shirt qu'elle portait avait été mouillé lors de son escapade et moulait ses formes, spectacle qui ne laissa pas Lukas insensible.

— Je te ramène ? fit-il maladroitement.

— Pas la peine, je rentre dans le bus avec les jeunes.

Un concert de protestation s'éleva parmi le cercle des adolescents.

— Allez-y, madame, on ne craint rien dans le bus ! Il doit vous manquer, depuis le temps !

Les jeunes se poussaient du coude en ricanant et Holly préféra visiblement ne pas insister.

— OK. Je compte sur vous pour bien vous tenir.

— Juré, on sera sages comme des images, promirent-ils.

Elle les laissa rejoindre le bus et fit quelques pas vers Lukas. Elle était toujours aussi attirante, même si ses yeux étaient soulignés par de gros cernes. Etait-ce le résultat des nombreuses nuits qu'elle avait passées à pleurer ? Dieu sait qu'elle avait souffert… Lukas aurait voulu caresser sa joue pour effacer son chagrin et lui faire oublier sa douleur. Il se sentait tout drôle de la retrouver alors qu'il pensait ne jamais la revoir de sa vie. S'il caressait son visage comme il brûlait de le faire, elle le giflerait, sans aucun doute. Comme elle l'avait toujours fait quand il s'approchait trop. Sauf une fois, une seule et unique fois…

— Que viens-tu faire ici, Lukas ?

La voix autoritaire de Holly le fit redescendre sur terre. Elle le regardait à peine, fixant son regard au loin, vers Manhattan.

— Tu m'as écrit, lui rappela-t-il.

Il vit ses doigts se crisper.

— Je t'ai envoyé un formulaire de don à signer, rien de plus. A moins que tu ne veuilles garder le bateau.

Le soleil de l'après-midi donnait des reflets auburn à ses cheveux bruns, comme s'ils avaient été teintés de cuivre.

— Eh bien, je pensais qu'on pourrait en parler. C'est pour ça que je suis venu. Et pour te voir, finit-il par ajouter.

Lukas voulait aussi voir si ce lien étrange qui les liait autrefois existait toujours. La réticence de Holly à lui parler, bien loin de le décourager, le motivait davantage et le poussait à aller de l'avant. L'affronter lui avait toujours plu, comme si cela l'aidait à se sentir plus vivant. Dans sa prime jeunesse, il n'avait jamais vraiment compris ce qui se jouait entre eux. Ce n'est que vers ses quinze ans qu'il avait enfin pris conscience qu'il existait entre eux une réelle attirance. Pourtant, dès leur première rencontre, tout indiquait qu'il était en train de se passer quelque chose. La première fois qu'il l'avait vue, son pouls s'était accéléré et ses mains étaient devenues moites… Des signes qui, en général, ne trompent pas.

Tout comme la nuit où il avait franchi la ligne rouge, provoquant à tout jamais la colère de Holly.

Comme il aurait voulu la franchir encore ! Il avait été absent douze ans, avait couché avec un nombre incalculable de femmes, mais aucune n'avait été à la hauteur de Holly. Elle était pourtant la femme de son meilleur ami, mais cela ne l'empêchait pas de la comparer à ses conquêtes. En cet instant, il aurait voulu sentir la douceur de sa peau, de sa bouche sur ses lèvres…

— Allez, filons chez toi, fit-il abruptement.

Elle le fusilla du regard et il reprit :

— Bon sang, Holly, je te propose simplement de te ramener !

Pendant douze ans, il avait réussi à se convaincre que l'attirance qu'il ressentait autrefois à l'égard de la jeune femme n'était qu'une simple pulsion d'adolescent perturbé par ses hormones, qu'ils avaient désormais tous les deux dépassé ce stade et qu'il n'y avait plus rien entre eux. Même quand il revenait à New York, il ne cherchait jamais à la revoir. Jusqu'à ce qu'il ait reçu sa lettre.

Le besoin de la retrouver était alors devenu irrépressible, même si Lukas doutait du fait que leur attirance mutuelle ait survécu à l'épreuve du temps. Elle n'était que l'idéal de sa jeunesse, un rêve envolé. Il ne cherchait qu'à se réconcilier avec Holly. Mais en la voyant maintenant, il comprenait que cela ne serait pas si simple. Il ressentait toujours cette attirance fiévreuse pour elle, cette connexion profonde qu'il n'avait jamais éprouvée pour aucune autre femme. De son côté, Holly semblait toujours lui en vouloir. Au fond, il espérait qu'elle avait changé. Allait-elle continuer à le détester toute sa vie ?

Il *devait* savoir.

3.

A la seconde où elle avait aperçu Lukas, Holly avait senti les battements de son cœur s'accélérer. Toutes ces années passées à se convaincre qu'il n'existait pas s'étaient évanouies en un clin d'œil. Elle avait l'impression de faire un énorme bond dans le passé et de retrouver ses dix-huit ans et toute sa fougue. Impossible de s'échapper en courant, elle devait affronter la situation.

Pendant des années, chaque fois qu'elle se rappelait le bal de fin d'études au lycée, le remords et la colère l'envahissaient.

Rien de tout cela n'aurait dû arriver. Elle aurait dû se montrer plus forte et plus ferme. Elle aurait dû refuser dès le début, lorsque Matt s'était cassé la jambe. L'accident de Matt, c'était bien la seule chose dont elle ne se jugeait pas responsable. C'était la faute de Lukas, comme à chaque fois que Matt jouait les casse-cou. Lukas l'avait entraîné pour une expédition en montagne à laquelle elle n'avait pas pu participer, trop occupée qu'elle était à préparer sa tenue pour le bal. De toute façon, elle savait bien que sa mère n'aurait jamais accepté de la laisser partir seule pour faire du camping avec des garçons, même si l'un des deux était son fiancé !

Lukas trouvait ces fiançailles stupides. Lorsqu'elle lui avait montré sa bague, il avait été tellement surpris qu'il en était resté bouche bée. Devant son incrédulité, elle avait clarifié la situation.

— Ça veut dire que vous allez vous marier ?

Holly avait levé les yeux au ciel.

— Evidemment ! Se fiancer, c'est pour se marier ensuite !

Il lui avait clairement expliqué ce qu'il en pensait. Pour lui, c'était une belle bêtise. A Matt, il avait dit qu'il fermait trop tôt la porte à d'autres rencontres et qu'il ne saurait jamais ce qu'il ratait. Quand Matt le lui avait raconté, Holly avait été saisie d'un accès de colère. Heureusement pour lui, Lukas n'était pas en face d'elle à ce moment-là.

Mais Matt, toujours calme, s'était contenté de rire en rétorquant :

— J'ai celle qu'il me faut, les autres ne me manqueront pas.

Le mépris de Lukas s'était heurté à leur amour indéfectible. Et pourtant, quand Matt avait plongé les yeux dans les siens, il avait bien senti qu'elle cachait quelque chose. Pour Holly, Lukas était trop dangereux, trop imprévisible et trop macho. Mieux valait qu'elle s'en éloigne.

— J'aime mon futur mari, avait-elle expliqué à Lukas.

Et c'était vrai. Sa relation avec Matt était facile, prévisible. Il était tout aussi viril que Lukas mais sans cette suffisance que Holly trouvait si dérangeante chez son ami.

Lukas n'avait cessé de lui répéter, au fil des semaines, qu'elle était trop jeune. Il se demandait même si elle avait vraiment conscience de ce qu'elle faisait. Holly avait fait la sourde oreille.

— En quoi cela peut-il bien te concerner ?

Qu'aurait-elle fait à ce moment-là s'il lui avait répondu : « Je t'aime » ? De toute façon, Lukas en était bien incapable, il passait de fille en fille avec une facilité déconcertante et ne s'attachait jamais. Il l'avait regardée, le visage fermé.

— Je ne veux pas que tu fasses d'erreur.

— Mais ce n'en est pas une !

Lukas ne semblait pas d'accord. Dans les mois qui avaient suivi leurs fiançailles, il s'était évertué à accaparer Matt pour l'éloigner de Holly. C'est à ce moment-là que Lukas et Matt avaient acheté la vieille coquille de noix qu'ils comptaient retaper. Le bateau aurait coulé à pic s'ils avaient essayé de le mettre à l'eau, mais Lukas avait convaincu Matt que ça valait le coup de le réparer. Ce qui signifiait y travailler tous les week-ends…

— Ça va prendre des mois, avait objecté Holly.

— Une fois qu'on aura nos diplômes, on pourra faire le tour du monde avec, avait rétorqué Lukas.

— Ce que je ferai une fois le diplôme en poche, ce sera me marier, lui avait rappelé Matt.

Lukas avait haussé les épaules.

— Il peut se passer bien des choses d'ici là ! Tu peux au moins m'aider à le retaper.

Et comme il était tout aussi loyal en amitié qu'en amour, Matt avait consacré au bateau tous ses week-ends de printemps. Holly l'avait à peine vu, et le premier jour qu'il avait eu de libre était celui que Holly devait consacrer à sa tenue de bal.

— Ça ne fait rien, avait dit Matt, Lukas veut aller à la montagne.

— Il ne peut pas y aller tout seul ? avait demandé Holly, vexée.

— Il aimerait bien qu'on fasse ça tous les deux. Et puis, si tu es occupée…

Lukas et Matt étaient donc partis ensemble et son fiancé était revenu avec une jambe cassée. Impossible pour lui de se rendre au bal de fin d'année. Holly avait beau avoir déniché une tenue magnifique, elle s'était retrouvée seule pour aller danser.

— Je n'irai pas sans toi, avait-elle décrété alors que Matt gisait, encore engourdi par l'anesthésie, sur son lit d'hôpital.

— Il faut que tu t'y rendes, avait-il protesté. Ta tenue est prête et tu attends ça depuis si longtemps ! Lukas va t'y emmener. Après tout, c'est sa faute si j'ai une plaque et une demi-douzaine de vis dans la jambe !

— Lui ? Mais il ne va jamais vouloir ! Il me déteste.

— Mais pas du tout ! C'est simplement que… Il est…

— Autoritaire, têtu, énervant ?

Malgré la douleur, Matt avait éclaté de rire.

— Tout cela et bien plus encore ! Mais bon, il est comme ça. Ne le prends pas mal. C'est ta soirée, il me doit bien ça.

Holly avait été bien étonnée lorsque Lukas avait accepté.

— Tu vois, lui avait dit Matt, il ne fuit jamais ses responsabilités.

Elle aurait dû refuser mais elle ne voulait pas contrarier Matt. Et elle ne voulait pas non plus qu'il se demande pourquoi elle était si farouchement opposée à l'idée de passer du temps avec Lukas. D'ailleurs, le savait-elle elle-même ? Ce qu'elle voulait surtout, c'était ne pas être obligée de penser à lui, à son sourire exaspérant, à son torse musclé et à ses cheveux ébouriffés qui prenaient une teinte cuivrée sous le soleil. Quand elle pensait à lui, son cœur s'accélérait mais cela ne voulait rien dire. Elle allait épouser Matt et elle se refusait à laisser la moindre ambiguïté s'immiscer dans ses sentiments.

Malgré sa détermination, elle était restée bouche bée quand, quinze jours plus tard, elle avait ouvert la porte à Lukas, beau comme un dieu dans son costume noir, avec sa chemise blanche impeccable et sa cravate rouge sombre.

Il dégageait une aura incroyable, et tandis que son charme commençait à envelopper Holly, sa raison lui avait hurlé de claquer la porte.

Mais elle pouvait difficilement le renvoyer chez lui, alors elle avait affiché un sourire de façade et fait comme si tout allait bien. Qu'il était craquant dans ses habits de fête ! Il lui avait même apporté une fleur qu'il avait fixée à son corsage en se rapprochant tout près d'elle. Elle avait alors senti l'odeur de pin de son after-shave et vu qu'il s'était fait une petite entaille en se rasant.

Emue par tant d'attention, elle avait maladroitement tenté de l'aider et fait tomber la fleur qu'il fixait.

— Oh ! désolée…

Il s'était contenté de sourire, toujours aussi séduisant, et avait de nouveau fixé la fleur.

— Ça te va très bien, avait-il dit en lui lançant un de ces regards dont il avait le secret et qu'il ne réservait d'habitude qu'aux autres filles.

Toute la soirée, il s'était comporté en parfait gentleman, ce qui avait achevé d'agacer Holly. Il ne l'avait pas taquinée, ne s'était pas moqué d'elle et n'avait évoqué ni Matt ni leurs fiançailles. Avant le bal, il l'avait emmenée dîner tout comme Matt l'aurait fait. Pas dans un de ces endroits tape-à-l'œil dénués de charme, mais dans un restaurant italien calme et romantique où il avait semblé connaître tout le monde.

— On va ailleurs si tu veux, avait proposé Lukas devant son air surpris, mais j'aime bien ce lieu, il est discret et sans prétention.

Depuis quand Lukas était-il sans prétention ? s'était-elle alors demandé.

— Non, ça me va très bien. C'est sympa ici.

Elle était parvenue à lui décocher son premier vrai sourire. Lukas avait souri à son tour et il y avait soudain eu comme un champ magnétique entre eux, une sorte d'attirance inexplicable, si puissante qu'elle en avait frissonné.

— Je suis content que ça te plaise.

Cela en faisait au moins un de content, avait-elle songé. Mais elle n'avait pas trop su quoi penser de l'attitude de Lukas, qui se comportait exactement comme Matt l'avait prévu : poli, charmant et lui faisant une conversation agréable. C'était le cavalier rêvé, et pour Holly l'expérience s'était révélée enivrante, presque irréelle. Elle s'était attendue que très vite, il redevienne le Lukas qu'elle connaissait mais cela ne s'était pas produit.

Holly avait pensé qu'une fois au bal, Lukas daignerait à peine lui accorder une danse avant d'être rattrapé par ses instincts de séducteur et de se mettre à la recherche de conquêtes plus sexy… Ce qu'il n'avait pas fait. Mal à l'aise dans une situation où elle ne se sentait pas légitime, elle lui avait demandé s'il n'aimerait pas danser avec d'autres filles. Mais il s'était contenté de secouer la tête en lui souriant.

Sans un mot, il l'avait entraînée sur la piste de danse. La tête de Holly tournait un peu et son corps répondait instinctivement aux mouvements souples de son cavalier. Main dans la main, elle avait senti les doigts fermes et puissants de Lukas se refermer sur les siens, lui rappelant qu'elle ne dansait pas avec son fiancé. Elle avait posé l'autre main sur son épaule et senti ses muscles se tendre sous la laine fine de son costume.

Elle était plus petite que lui et ses yeux arrivaient au niveau de la bouche de Lukas. Il avait passé sa langue sur ses lèvres et, troublée par cette vision, elle avait failli trébucher.

— Ça ne va pas ? lui avait demandé Lukas en la serrant contre lui.

— Si, si, avait assuré Holly en essayant de s'écarter de lui. Je n'ai pas l'habitude de danser comme cela…

— Je mène… C'est moi ton cavalier, non ?

Le son de sa voix chaude l'avait transportée. Il menait. Elle suivait. Leurs corps se touchaient. L'expérience n'avait ressemblé en rien au plaisir qu'elle ressentait lorsqu'elle dansait avec Matt. Non, chaque contact avec Lukas avait été un électrochoc, une déflagration qui l'avait rendue plus vivante que jamais.

— Détends-toi, lui avait-il chuchoté à l'oreille.

Cette danse endiablée lui avait donné une énergie nouvelle et avait fait naître en elle un profond désir… qu'elle avait refusé de prendre en considération.

Lukas n'avait rien ajouté, l'entraînant au rythme de la musique, sa main glissant jusqu'à sa hanche. Petit à petit, Holly s'était détendue. Elle s'était sentie si bien, curieusement protégée…

Lukas l'avait fait danser toute la soirée, bien plus que

Matt ne l'aurait fait. Après quelques tours de piste, il aimait rester avec ses amis à parler sport. Lukas, lui, n'avait eu d'yeux que pour elle et lui avait raconté leur expédition à la montagne — « parce que c'était vraiment bien avant que Matt se casse la jambe ! » Puis il lui avait parlé des cours.

— Je ne sais pas exactement vers quoi je vais me diriger, je teste différents domaines pour savoir quoi choisir ensuite. En ce moment, c'est la géologie qui me plaît bien. Et ne ris pas, mais j'aime le latin aussi ! Et toi, tu penses faire quoi après ?

Désarmée par son aveu sincère au sujet du latin, Holly s'était surprise à répondre honnêtement.

— Rien de grandiose, simplement me marier et fonder une famille. J'ai toujours voulu avoir des enfants.

— Moi aussi, avait répliqué Lukas. Enfin, pas toute suite ! Je ne suis pas prêt…

— Moi non plus. Avant d'avoir des enfants, j'aimerais bien enseigner.

— Je suis sûr que tu es faite pour ça.

Face à son air étonné, il avait précisé avec un sourire malicieux :

— Tu devrais bien te débrouiller pour tenir une classe, tu as toujours su me remettre à ma place !

Elle n'avait pu s'empêcher de sourire à son tour et toute la soirée s'était déroulée ainsi, Lukas se montrant attentif et charmant.

Mais pourquoi se laissait-elle envahir par de pareilles pensées ? s'était-elle soudain demandé. Elle allait épouser Matt ! Elle avait alors fermé les yeux et s'était laissée aller, essayant d'imaginer qu'elle dansait avec son fiancé… en vain. Lukas était plus souple et tellement plus animal… Soudain, elle avait senti une caresse douce et agréable sur son front. Les lèvres de Lukas avaient été si proches qu'il aurait pu les poser sur elle sans bouger. Elle avait profondément inspiré pour retrouver son calme.

Pourquoi y avait-il tant de slows ? Une simple chanson un peu énergique aurait suffi pour la faire revenir à la réalité et dissiper son trouble !

Mais les choses ne s'étaient pas arrangées lorsqu'un morceau plus entraînant avait été lancé. Le rythme de la batterie les avait jetés dans une danse frénétique, presque animale. Leurs corps s'étaient mus à l'unisson dans une complicité qu'elle n'avait encore jamais ressentie. Holly avait alors eu de plus en plus de mal à se convaincre qu'il n'y avait là que le simple effet de la musique.

Pour clore la danse, Lukas l'avait fait tournoyer puis l'avait ramenée contre lui, pressant son torse contre son dos brûlant.

Plaquée contre lui, Holly avait senti ses mains posées sur ses seins et une de ses jambes glisser entre ses cuisses. Elle avait tenté avec difficulté de se dégager et s'était retournée, hors d'haleine, pour le dévisager.

Lui aussi était essoufflé, les cheveux en bataille et le front luisant de sueur. Holly avait alors eu envie de le recoiffer mais était parvenue à ne pas succomber à la tentation.

— On a bien mérité un verre, avait-il lancé.

— Entièrement d'accord.

Il valait mieux qu'elle boive pour ne pas se laisser consumer par le désir…

Il leur rapportait des jus de fruits lorsque l'orchestre avait attaqué une nouvelle chanson, douce et très romantique.

— Je passe mon tour pour cette fois.

Holly s'était contentée d'acquiescer et avait vidé son verre d'un trait mais rien, à ce moment-là, n'aurait pu parvenir à faire baisser la température. Les lumières feutrées, la musique envoûtante, la douceur de la nuit : tout était réuni pour la faire craquer dans cet instant magique. Elle avait eu beau se dire que Lukas n'y était pour rien, c'était grâce à lui que son bal de fin d'année resterait à tout jamais mémorable.

Une fois la soirée terminée, les amis de Lukas les avaient

invités à prolonger les festivités dans un bar. Elle s'était tournée vers Lukas, pensant qu'il devait avoir hâte de la raccompagner. Mais sa réaction l'avait surprise.

— Ça te ferait plaisir ?

Avant qu'elle ait eu ouvert la bouche, il avait ajouté :

— C'est ce qui se fait, non ? Quand on part en soirée, on ne se couche jamais avant l'aube…

Rester debout jusqu'à l'aube avec Lukas Antonides ?

— Eh bien…

— Matt t'y aurait emmenée ?

— Oui mais…

— Alors l'affaire est réglée, allons-y !

Ils s'étaient retrouvés comprimés dans le box d'un bar aux lumières tamisées, à rire et à bavarder, encore tout émoustillés par la soirée qu'ils venaient de passer à danser. Elle aurait été parfaitement à son aise avec Matt serré à côté d'elle, le bras passé autour de ses épaules pour gagner un peu de place. Mais lorsque ça avait été le bras de Lukas qui s'était posé sur elle, il lui avait semblé percevoir la chaleur de son corps, comme s'il se passait quelque chose entre eux. Elle n'avait rien osé dire mais ce geste, en apparence anodin, l'avait troublée.

Lukas, lui, était très à l'aise. Son genou avait heurté sa jambe et y était resté collé sans qu'il ne semble s'en apercevoir. Visiblement ravi d'être là, il avait bavardé avec son groupe d'amis, caressant de temps en temps les cheveux de Holly. *Si je me tourne vers lui, mes lèvres effleureront ses doigts*, avait-elle pensé en prenant bien soin de ne pas bouger sa tête. Tout cela ne signifiait rien, se répétait-elle. Lukas avait toujours été comme ça et il ne fallait y attacher aucune importance.

Quand ils avaient quitté le bar, son cœur battait la chamade et son corps était en feu… La fraîcheur de la nuit sur sa peau brûlante l'avait fait frissonner.

— Tu as froid. Tiens, prends ma veste, avait proposé Lukas.

Porter le vêtement de Lukas encore tiède ? Holly avait refusé instantanément.

— Non… Non merci. Ça va aller. Le ciel est particulièrement beau ce soir, avait-elle lancé, cherchant désespérément à changer de sujet.

Lukas avait jeté un coup d'œil au-dessus de lui :

— Pas aussi somptueux que toi…

Holly l'avait regardé, interloquée. Avait-elle bien entendu ?

— C'était un compliment ? s'était-elle aventurée à demander.

— Il m'arrive d'en faire, figure-toi.

— Je n'avais pas remarqué…

— Il ne faudrait pas que ça te monte à la tête, avait ajouté Lukas, revenant au ton moqueur qu'elle lui connaissait bien.

Pourtant, il avait atténué son propos d'un sourire presque tendre et il lui avait tenu la portière pour qu'elle monte dans la voiture.

— Tu sais, il y a une chose que je déteste vraiment chez toi, avait-elle déclaré quand Lukas s'était assis à côté d'elle dans la voiture.

Il allait mettre le contact et s'était interrompu en faisant une grimace.

— Une seule ? J'aurais pensé que tu en avais toute une liste !

— Ce n'est pas faux, mais ce qui arrive en tête, c'est que tu ne me laissais jamais venir quand Matt et toi partiez faire de la voile avec ton père…

Lukas avait hoché la tête, l'air songeur, puis avait démarré la voiture sans passer de vitesse. Il était resté immobile, comme s'il ne savait pas quoi répondre. Faire amende honorable ne lui ressemblait pas.

— Tu veux faire du bateau ? Je peux t'emmener, avait-il fini par dire.

— Quand Matt et toi aurez fini de réparer le voilier ? Autant dire jamais, avait-elle répliqué avec un petit sourire.

— Non, maintenant, avait-il brusquement répondu.

Dans le sombre habitacle, Holly avait senti son regard se poser sur elle, comme s'il la touchait.

— Enfin, dès qu'il fera jour, avait-il repris. On terminera cette nuit par une sortie à la voile. Ça te dit ?

Puis il lui avait décoché un sourire angélique qui aurait damné un saint. Ce n'était qu'un tour de bateau, s'était dit Holly, étouffant la voix raisonnable qui lui soufflait de refuser. Lukas voulait s'excuser de l'avoir négligée toutes ces années, rien de plus. Et cette sortie nocturne lui faisait tellement envie…

Lukas avait joué avec le feu et, à l'époque déjà, il le savait.

Il n'avait jamais été du genre précautionneux, et d'ailleurs c'était Matt qui avait insisté pour qu'il emmène Holly à ce bal. Qu'était-il censé faire ? Refuser ?

Il s'était plié aux règles de l'exercice, emmenant Holly au restaurant, la faisant danser, l'escortant après le bal, lui passant le bras autour des épaules… Chaque geste avait nourri le désir qu'il avait pour elle… un désir réciproque. Les joues de Holly avaient rougi et les pointes de ses seins avaient durci sous la soie bleu marine de sa robe. Grâce à sa grande expérience et à ses nombreuses conquêtes, Lukas savait reconnaître une femme excitée.

Je ne suis donc pas le seul à éprouver du désir ce soir, avait-il pensé.

Il aurait dû raccompagner Holly, la future femme de Matt, son meilleur ami… Mais ne faisait-elle pas une erreur en l'épousant ? Peut-être se croyait-elle plus amoureuse qu'elle ne l'était vraiment…

Il avait balayé ces pensées en se concentrant sur l'instant présent. Il était alors déterminé à l'emmener sur le bateau.

Après tout, ce n'était pas trahir Matt que d'offrir à Holly une balade sur l'eau. Il avait passé la première et dirigé la voiture vers la marina. Soudain, la main de Holly avait touché son bras.

— Je ne peux pas.

Lukas l'avait dévisagée.

— Comment ça ?

— Je ne suis pas habillée pour faire du bateau. Ma robe est en soie…

Il avait poussé un soupir de soulagement.

— Pas de problème, il y a tout ce qu'il faut à bord.

— Oh ! bon…

Elle n'avait pas semblée très convaincue mais ne lui avait opposé aucun autre argument et, quelques minutes plus tard, il s'était garé sur le parking désert de la marina. Ils étaient descendus vers le bateau et Lukas s'était aperçu que Holly, en talons hauts, marchait précautionneusement derrière lui. Il était revenu en arrière et l'avait soulevée dans ses bras.

— Lukas ! avait-elle protesté en se tortillant contre lui.

Ses mouvements avaient encore plus excité Lukas, qui prenait un malin plaisir à la chahuter de la sorte.

— Arrête de gigoter ou je te repose !

— Je peux marcher seule !

— Pas avec ces talons, avait-il affirmé en descendant la rampe d'accès.

Il était hors de question qu'il la lâche, c'était trop bon de la sentir contre lui. Quand ils étaient arrivés au bateau, le contact du corps de Holly était devenu un doux supplice qui avait trouvé son apogée lorsqu'il l'avait déposée sur le pont.

— Va mettre un maillot de bain, lui avait-il dit en désignant la cabine. Ma sœur Martha en laisse toujours un au cas où.

Devant le regard interloqué de Holly, il l'avait rassurée :

— Il y a une petite plage de l'autre côté des rochers. On a deux heures avant qu'il fasse jour, autant en profiter…

Il avait besoin d'eau froide, bien froide, pour ne pas

penser aux autres manières de tuer le temps qui lui passaient par la tête…

Il s'était changé dans l'autre partie de la cabine et l'air frais sur sa peau lui avait fait du bien. Vêtu d'un short de bain, il était remonté sur le pont et avait regardé le ciel qui pâlissait, le corps engourdi par le désir et le doute. Qu'était-il en train de faire avec la fiancée de son meilleur ami ? Simplement ce que Matt aurait fait à sa place, rien de grave, avait-il essayé de se convaincre. Mais il savait bien qu'à cette heure-ci, Matt et Holly n'auraient pas été sur un bateau, ils auraient fait l'amour. A cette pensée, il n'avait pu s'empêcher de serrer les mâchoires pour contenir sa colère. L'arrivée de Holly, plus sexy que jamais dans le maillot une pièce pourtant très sobre de sa sœur, n'avait fait qu'attiser les pulsions qui le démangeaient. Elle portait une serviette autour du cou, et les rayons de la lune caressaient ses longues jambes.

Ils étaient remontés sur le ponton pour aller jusqu'à la plage, Lukas devançant Holly afin de recouvrer ses esprits. Arrivé au bord de l'eau, il s'était retourné et avait vu que Holly s'était assise, les genoux remontés sous le menton.

— Tu bronzes au clair de lune ? avait-il lancé pour détendre l'atmosphère.

— Il faut croire… Mais vas-y, toi.

— Comme tu voudras…

Quand il avait émergé des vagues, il respirait à nouveau calmement. Holly s'était rapprochée de l'eau, plus sublime que jamais. Elle s'était mise à courir et avait plongé à quelques mètres de lui.

— On gèle ! avait-elle crié en claquant des dents.

Il avait résisté à l'envie de la prendre dans ses bras.

— Nageons, cela nous réchauffera.

Il l'avait rapidement distancée mais elle ne comptait pas le laisser s'éloigner.

Ils avaient fait quelques brasses avant que Lukas ralentisse pour permettre à Holly de le rattraper. Malgré l'agréable moment qu'il était en train de passer, il n'arrivait pas à faire taire sa conscience. Ne faisait-il pas une grave erreur ? Mais la vision du corps de Holly s'étendant de tout son long pour nager avait fait taire cette maudite voix.

— Tu me rends fou, avait-il lancé, fonçant vers la plage pour remettre de la distance entre eux.

— Comment ? Qu'est-ce que tu dis ? avait bafouillé Holly, qui tentait en vain de le rattraper.

Il ne s'était pas arrêté pour l'attendre sur la plage et était retourné au bateau, furieux de ne pas pouvoir se contrôler. Il fallait qu'il cesse de désirer ce qui n'était pas pour lui !

Lorsque Holly l'avait rejoint, elle avait les lèvres bleues de froid et tremblait sous sa serviette.

— Tu aurais pu me dire que tu avais froid, avait-il jeté avec mauvaise foi. Va prendre une douche. Il y a largement assez d'eau chaude et toutes les serviettes nécessaires.

Puis il avait enfilé bermuda et sweat-shirt, ignorant délibérément le bruit de la douche et la vision du corps de Holly nu sous le jet. Il s'attelait à préparer le bateau et vérifiait la grand-voile quand il avait entendu Holly s'asseoir à côté de lui.

— Qu'est-ce que tu disais tout à l'heure ? avait-elle demandé avec calme.

Elle avait enfilé un bermuda et un large pull de Martha. Lukas n'avait jamais trouvé ces habits particulièrement sexy, mais portés par Holly, il en allait tout autrement…

Comme il restait silencieux, feignant d'examiner la voile afin de dissimuler ce qui le préoccupait vraiment, elle avait insisté :

— Tu as dit que je te rendais fou…

Il avait haussé les épaules, mal à l'aise. Qu'était-il censé répondre ? Qu'il brûlait de désir pour la fiancée de son meilleur ami ?

— Il faut toujours que tu cherches la petite bête, avait-il

aboyé, agacé, en se frottant la nuque, à court d'explication plausible. Allons-y, l'aube va bientôt se lever.

Il aurait voulu qu'elle se tourne vers l'est pour guetter les premiers signes de l'aurore, mais elle avait continué à le fixer.

— Pourquoi as-tu accepté de m'emmener à ce bal ?

— Tu le sais bien. Parce que Matt me l'a demandé.

— C'est tout ?

— Qu'as-tu en tête ? s'était-il enquis, les sourcils froncés.

— Rien… Je… Je me demandais si… N'en parlons plus.

Tu te demandais si… Bon sang, va jusqu'au bout ! Mais elle s'était tue. Et il n'avait pu la forcer à parler.

— Je n'ai fait que ce que Matt me demandait, avait-il grondé.

Peut-être qu'en criant assez fort, il parviendrait à se convaincre lui-même de ce qu'il était en train de dire…

— Bien sûr, avait remarqué Holly d'un ton neutre.

En doutait-elle ? Avait-elle… envie de lui ? Il n'y avait qu'un moyen de le savoir, avait-il songé en prenant la main de Holly. Elle s'était levée et l'avait fixé, troublée.

— Qu'est-ce que Matt et toi seriez en train de faire s'il était à ma place ce soir ?

Une lueur d'inquiétude avait traversé les yeux de Holly.

— Que veux-tu dire ?

— C'est une simple question. Je joue le rôle de Matt ce soir, non ? Alors dis-moi ce que vous feriez.

Il avait senti les doigts de Holly se raidir et se resserrer autour de sa main.

— Je n'en sais rien. Comment pourrais-je le savoir ?

— Il t'embrasserait ?

Elle avait détourné les yeux et ses lèvres s'étaient pressées l'une contre l'autre. Lukas s'était approché si près qu'il avait senti la note citronnée de son parfum. Il l'avait saisie par les bras et attirée vers lui de plus belle.

— Vous vous embrasseriez. Donc, je n'ai pas fait mon travail jusqu'au bout.

Il irait brûler en enfer pour ça, s'était-il dit, mais tant pis, l'envie était trop forte. Si elle répondait favorablement et si son désir était réciproque, alors peut-être qu'il l'empêcherait de commettre la plus grave erreur de sa vie en s'engageant avec Matt.

Il avait vu l'étincelle qui brillait dans son regard. Il lui avait pris le menton et avait posé ses lèvres contre les siennes.

Il n'était désormais plus guidé que par son désir, laissant ses mains explorer ce corps qui s'offrait à lui. Il avait caressé les lèvres de Holly avec sa langue pour la taquiner, la tester, la goûter…

Et, loin de refuser, elle s'était abandonnée à lui.

Son baiser l'avait enivré et avait libéré cette pulsion qui l'avait rendu fou toute la soirée. Toute la soirée ? Bon sang, cela faisait des années que ce désir le tourmentait ! En dépit de tous ses efforts pour chasser Holly de ses pensées, en dépit de toutes les femmes qu'il avait mises dans son lit pour l'oublier, en dépit de ses fiançailles avec son meilleur ami… Il était incapable d'expliquer pourquoi il était tant attaché à elle.

En cet instant, la seule chose qui comptait vraiment était de la sentir au creux de ses bras et au bout de ses lèvres.

Bien sûr, il allait s'arrêter, s'était-il alors dit, mais il attendait ce moment depuis si longtemps… Ne pouvait-il pas profiter de ces quelques secondes magiques où plus rien n'existait autour d'eux ? Il avait craint que Holly le repousse et ne souhaitait pas la brusquer.

Mais elle n'avait rien dit, au contraire. Elle avait totalement lâché prise et, lorsqu'il avait glissé ses doigts dans sa chevelure, il avait senti sa bouche s'entrouvrir, l'autorisant à approfondir leur baiser… Elle avait même poussé un soupir de plaisir.

Lukas avait alors fait glisser ses mains sous le large pull qu'elle avait passé et goûté à la douceur soyeuse de sa peau. Il avait senti sa respiration dans son cou et, tandis qu'il la caressait doucement, elle s'était cambrée, comme pour s'offrir totalement à ses mains si habiles.

Lukas était sidéré de pouvoir la toucher, il aurait voulu que ce moment dure toujours. C'était bien la première fois qu'il y était autorisé — tirer ses nattes ne comptait pas — mis à part la fois où, âgée de quatorze ans, elle était tombée de bicyclette et s'était entaillé la jambe. Il avait laissé Matt ramener le vélo et avait porté Holly jusqu'à chez elle. Pour une fois, elle n'avait pas protesté, et l'avait même laissé bander sa jambe blessée avec son T-shirt sans râler.

Mais ce soir-là, le plaisir qu'il avait ressenti était bien plus intense, bien plus profond… Il avait pu caresser son dos nu, laissant ainsi la voie libre à son imagination, et effleurer ses seins. Elle l'avait attiré contre elle pour frôler de ses lèvres le contour de sa mâchoire. A chaque impact de la bouche de Holly sur sa peau, il avait ressenti au plus profond de lui une décharge de plaisir : le feu coulait dans ses veines et plus rien ne pouvait l'éteindre. Il avait voulu parcourir sa peau, la sentir trembler sous ses mains et entrer en communion totale avec son corps, avec son âme. Il s'était allongé sur le banc où elle s'était assise en l'entraînant sur lui et l'avait embrassée à perdre haleine. Elle avait glissé le long de son corps pour mieux se lover sur lui, décuplant son excitation. D'une main mal assurée, Lukas s'était frayé un chemin entre ses jambes, tandis que, de l'autre, il avait trouvé son sein durci par l'excitation. Elle s'était alors mise à bouger contre lui, se frottant à sa main sous le coton de son bermuda. Les paupières de Lukas s'étaient fermées. Il avait osé s'aventurer jusqu'au bas de ses hanches, se rapprochant de plus en plus de l'endroit tant désiré… Il avait entendu Holly retenir sa respiration alors que son exploration se faisait plus audacieuse. Elle n'avait rien dit, comme si elle attendait quelque chose… mais quoi ? Eprouvait-elle le même désir que lui ? Elle lui avait donné la réponse en s'écartant légèrement pour lui offrir son sexe tiède et doux qui n'était plus défendu que par une minuscule pièce de tissu. Il était entré en elle et l'avait sentie trembler.

Il avait souvent fait l'amour mais jamais avec une telle intensité. D'habitude, seul son propre plaisir comptait et il n'accordait que peu d'attention à celui de sa partenaire. Avec Holly, ça avait été différent. Il voulait explorer son corps, le parcourir comme s'il venait de découvrir le plus précieux des trésors et trouver quelle caresse allait la faire gémir ou frissonner. Il voulait lui arracher ses vêtements, la posséder pleinement et atteindre l'extase. Mais ce soir-là, il s'était forcé à attendre, à susciter le désir de Holly avant de satisfaire le sien. Elle avait laissé échapper un petit gémissement et ses hanches s'étaient mues sous les caresses de Lukas. Ses cuisses s'étaient écartées pleinement et Lukas avait ardemment pris ce qu'elle lui offrait, exalté par son abandon. Il allait lui donner tout ce dont elle avait envie, la satisfaire pleinement sans se préoccuper de son propre plaisir. Il fallait qu'elle ait un souvenir magique de cette nuit.

Il ne s'était écoulé que quelques secondes avant qu'elle se mette à trembler dans ses bras. Un frisson l'avait parcourue et elle s'était pressée encore plus fort contre ses doigts, haletante, avant qu'un tremblement agite tout son corps. Lukas avait senti les derniers soubresauts de jouissance de Holly. Puis elle s'était enfin immobilisée. Lukas n'avait plus osé bouger de peur de briser ce moment si précieux, muselant son désir, se contentant d'attendre... et d'espérer.

Holly s'était mise à bouger doucement, comme si elle sortait d'un long rêve, tentant maladroitement de reprendre possession de son corps. En se levant, elle avait perdu l'équilibre. Lukas avait tendu la main pour la rattraper, mais elle avait brusquement reculé en couvrant ses seins avec ses bras.

— Ramène-moi chez moi, avait-elle soudain jeté sans le regarder.

Sa voix était cassée, pleine de désespoir.

— Te ramener ? Mais…

Il s'était relevé et lui avait pris le bras. Mais elle s'était dégagée aussitôt.

— Je veux rentrer, avait-elle répété à voix basse. Maintenant.

— Mais… Qu'est-ce qui t'arrive ?

— Ce qui m'arrive ? avait-elle demandé en le fixant droit dans les yeux. Tu n'as pas une petite idée ? Tu viens de… Nous venons de…

Sa voix vibrait de colère et jamais il ne l'avait entendue parler sur ce ton. Elle l'avait bousculé, avait traversé le ponton et s'était dirigée vers la voiture sans même se retourner.

Il l'avait suivie des yeux, sidéré, encore abasourdi par le moment qu'ils venaient de vivre. Elle était entrée dans la voiture et avait claqué la portière derrière elle. Si elle avait eu les clés, nul doute qu'elle l'aurait planté là !

Qu'est-ce qui lui arrivait ? s'était-il demandé. Il ne l'avait pas brusquée et lui avait laissé toutes les opportunités de refuser ses avances. Il n'était même pas allé jusqu'au bout pour lui donner tout le plaisir que son corps réclamait… Il avait retrouvé ses esprits, ramassé les vêtements de Holly et fermé la cabine. Son excitation avait fini par redescendre, mais sa fureur et son incompréhension n'en étaient que plus véhémentes. Il avait pris son temps pour effacer toute trace de leur passage et quand il avait été sûr que son père ne pourrait pas découvrir leur venue, il avait rejoint Holly sur le parking. Elle regardait droit devant elle, le visage fermé, aussi glaciale qu'elle avait été brûlante quelques minutes plus tôt.

Il avait ouvert la voiture et lui avait jeté sa robe et ses chaussures.

— Tu avais oublié ça.

Holly avait roulé ses affaires en boule et les avait tenues serrées contre elle, refusant toujours de le regarder. La colère se lisait sur son visage.

Il s'était assis côté conducteur mais n'avait pas démarré. Il avait fixé Holly pendant plusieurs secondes : allait-elle continuer longtemps à se murer dans le silence, à l'esquiver, à nier qu'elle l'avait désiré autant que lui ?

— Ramène-moi à la maison, s'était-elle contentée de répéter.

— Tu ne vas pas pouvoir faire semblant. Il s'est passé quelque chose entre nous.

Les yeux de Holly avaient lancé des éclairs.

— Je ne voulais pas que ça arrive ! J'aime Matt !

Lukas avait alors eu l'impression de prendre un violent coup de poing dans le ventre.

— Tu as obtenu ce que tu voulais, avait-elle repris d'un ton accusateur, les yeux mouillés de larmes.

Ce qu'*il* voulait ? Il avait failli éclater de rire mais il n'avait pas le cœur à cela. Ce qu'il aurait voulu, c'était que Holly comprenne ses sentiments. Qu'elle reconnaisse ce qu'elle éprouvait pour lui. Ce qui n'était jamais arrivé.

Il ne s'était même pas donné la peine de répondre, trop près des larmes pour parvenir à s'exprimer. Il avait démarré et, en silence, l'avait reconduite chez elle comme elle le lui avait demandé.

4.

Lukas était parti le lendemain matin.

Par chance, son père lui avait demandé d'honorer un rendez-vous en Grèce à sa place. Il n'avait ainsi pas eu à affronter Matt et à lui mentir les yeux dans les yeux à propos de cette nuit de bal. Il était resté éveillé plusieurs heures après avoir quitté Holly, ruminant ce qu'il venait de vivre en se repassant les événements en boucle, encore plein de désir, de frustration et de culpabilité. Il avait trahi son meilleur ami.

L'aéroport était un lieu rassurant. Il allait mettre des milliers de kilomètres entre lui et la débâcle, et ainsi éviter la confrontation.

Il avait prévenu Matt qu'il devait partir de toute urgence en Grèce par un simple et lâche texto. Après tout, c'était la stricte vérité… ou un simple mensonge par omission.

Quand il repensait à la réaction de Holly, cela le confortait dans son avis : elle l'aimait bien plus que ce qu'elle laissait paraître ! Même s'il avait eu du mal à comprendre ce qui leur arrivait, il avait le sentiment que son intuition était la bonne. La rapidité avec laquelle elle s'était abandonnée prouvait qu'elle ne pouvait épouser Matt. Car elle éprouvait du désir pour un autre. Pour lui.

Et même si elle avait été furieuse par la suite, pourquoi l'avait-elle laissé faire ? Lukas ne comprenait pas, et il ne pouvait certainement pas demander un avis autour de lui. Il avait encore beaucoup de choses à apprendre sur les femmes, en avait-il conclu sans que cela lui soit d'une grande aide.

Dieu seul savait ce que Holly pouvait bien penser de lui, après cette soirée. Lukas ne tenait pas à le savoir, car il était bien trop lucide sur la situation : il les avait tous trahis en prenant ce qu'il désirait, dans un mélange d'égoïsme et d'immaturité. Il ne pouvait pas avoir Holly. Il n'avait aucun droit sur elle.

Elle ne l'aimait pas. Elle aimait Matt. Et lui s'était permis de… Il ne pouvait même plus se regarder dans un miroir sans avoir la nausée. « Tu es un monstre », avait-il lancé à son propre reflet dans la glace de la salle de bains, brouillé par la buée.

Le voyage d'affaires à Santorini ne lui avait pris que cinq jours, mais il n'était pas retourné à New York ensuite. Il avait passé tout l'été en Grèce, à réparer des bateaux à voile avec son grand-père, servant occasionnellement de skipper pour de riches familles en croisière sur la Méditerranée. Parfois, il se surprenait à espérer que Holly ouvre enfin les yeux et finisse par se rendre compte qu'elle l'aimait.

Mais l'automne venu, Lukas s'était rendu à l'évidence que cela n'arriverait jamais. Holly n'avait jamais essayé de le contacter. Il avait reçu quelques e-mails de Matt, rien de plus, l'un le remerciant d'avoir emmené Holly à la soirée et puis un autre pour lui demander quand il comptait rentrer, afin qu'ils puissent travailler ensemble sur le bateau à voile.

Holly n'avait donc jamais avoué à Matt ce qui s'était passé…

Lukas aurait dû lui en être reconnaissant. Grâce à elle, Matt n'essayerait pas de l'étrangler. Cela lui faisait toujours un souci de moins à gérer. Mais au lieu de cela, il se sentait encore plus coupable. Il avait beau s'être éloigné, ses sentiments pour Holly étaient restés intacts. Il essayait de s'intéresser à d'autres femmes, en vain : celles qui l'abordaient lui paraissaient fades et sans saveur.

A la fin de l'été, il n'était pas rentré chez lui.

Parfois, Lukas essayait de se convaincre qu'il agissait dignement pour ne pas mettre Holly dans une situation difficile. Mais au fond, il ne se voilait pas la face : il savait que son éloignement était avant tout une question de survie. Comment affronter ses amis ? Il avait choisi l'exil, plus simple que la confrontation.

Il était en Thaïlande lorsque Matt lui avait demandé d'être témoin à son mariage.

Ce serait sa punition, avait songé Lukas. Se rendre au mariage, regarder Matt et Holly se perdre dans les yeux l'un de l'autre comme s'ils étaient seuls au monde, avant qu'il fouille dans sa poche pour leur tendre leurs alliances. Cruelle ironie du sort, il aurait même à préparer un discours louant les qualités des futurs époux…

Il avait accepté la sentence, écrit son laïus, l'avait répété et, le jour venu, il avait porté un toast au bonheur de Matt et Holly. Bien sûr, la mariée ne lui avait accordé aucune danse.

— Désolé, s'était-il excusé immédiatement après l'apéritif. J'ai un avion à prendre.

Et il s'était envolé loin, le plus loin possible, pensant que les kilomètres qui le séparaient de Holly pourraient atténuer son chagrin. Il avait bu plus de whisky qu'il n'était raisonnable pour oublier sa douleur. Cela n'avait pas fonctionné, mais il avait survécu. Avec le temps, il était parvenu à oublier Holly. Ce chapitre de sa vie était clos.

Lorsqu'il avait appris la mort de son meilleur ami, il s'était senti déchiré par la culpabilité mais il n'était pas rentré. Longtemps, il s'était refusé à penser au nouveau célibat de Holly.

Jusqu'à maintenant.

Et aujourd'hui, pensa-t-il avec un sourire amer, tout remontait à la surface. Sa vieille douleur revenait… avec son désir.

Il avait beaucoup gagné en maturité ces dernières années,

devenant l'adulte qu'il aurait dû être depuis longtemps. Il s'était donné corps et âme dans son travail, enchaînant les succès, et fréquentait des femmes élégantes et sensibles comme Grace Marchand.

Mais Holly ne quittait jamais ses pensées.

Malheureusement, elle le haïssait toujours.

Il la regardait à présent, debout sur la jetée, les bras croisés, avec une assurance déconcertante. Elle était tellement indifférente lorsqu'il lui parlait…

Il ne pouvait pas lui en vouloir.

— Allez, Holly. Tu vas prendre froid. Laisse-moi te ramener.

Après un instant, il ajouta :

— Et m'excuser.

Des excuses ? De la part de Lukas ? Ce serait une première ! Et à quel propos ?

D'aussi loin que Holly se souvienne, Lukas Antonides avait toujours eu un million de choses à se faire pardonner. Elle hésita, désireuse d'en entendre plus, mais Lukas, fidèle à lui-même, avait sans attendre fait demi-tour pour rejoindre le parking, visiblement sûr qu'elle le suivrait. Holly lui tira la langue dans un mouvement de révolte enfantin puis lui emboîta le pas.

Lukas était bien trop athlétique pour qu'elle parvienne à le suivre. Il avait la grâce d'une panthère, et semblait tout à fait dans son élément.

Où qu'il aille, Lukas avait toujours été à l'aise et affichait en permanence un air très sûr de lui qui lui conférait un charme irrésistible. Les angles de son visage s'étaient néanmoins durcis avec les années. Il avait toujours la peau mate, mais il était moins bronzé que dans son souvenir. Il devait sans doute passer moins de temps à l'extérieur.

En arrivant au parking, il se retourna pour s'assurer qu'elle le suivait. Le soleil brillait dans ses cheveux, comme pour souligner sa beauté éclatante.

« C'est le plus bel homme que je connaisse, je dois l'avouer, avait un jour dit Matt en plaisantant. Toutes les femmes le veulent dans leur lit ! »

« Pas toutes », avait-elle répondu trop rapidement.

C'était faux, bien évidemment. Elle connaissait Lukas, le désirait, mais elle se connaissait aussi elle-même. Et elle savait qu'elle ne serait jamais heureuse avec un homme tel que lui. Si elle avait parfois rêvé de dompter la panthère, elle savait pertinemment qu'il était dangereux d'essayer.

C'était pour cela que les taquineries de Lukas fonctionnaient si bien et l'agaçaient tant. C'était comme s'il savait en permanence sur quelle ficelle tirer pour la déstabiliser. Il était bien plus simple pour elle de s'abandonner à un homme en qui elle avait toute confiance, et cet homme-là, c'était Matt.

Elle aurait dû s'en souvenir à la soirée de fin d'année. Cela l'aurait peut-être aidée à ne pas succomber au charme de Lukas.

Aujourd'hui encore, une douzaine d'années plus tard, ce souvenir la mortifiait. A l'époque, cela avait été un jeu pour lui. Il les raillait, Matt et elle, depuis des mois, affirmant qu'ils étaient trop jeunes pour se marier et qu'ils ne savaient pas ce qu'ils voulaient vraiment. En passant à l'acte, il avait simplement montré qu'il avait raison. Elle l'avait laissé la toucher. Dans l'excitation du moment, il avait posé ses mains sur son corps, l'éveillant à des sensations qu'elle n'avait jamais ressenties.

Ce n'était pas comme si elle n'avait jamais fait l'amour avec Matt, loin de là. Avant Noël, cette année-là, ils avaient couché ensemble juste après avoir parlé de mariage.

Leur première fois avait été intense mais rapide, lui laissant une sensation d'inachevé. Si Matt en savait visiblement plus qu'elle sur la sexualité, il n'avait pas encore compris les subtilités du désir féminin. Sa hâte avait déçu Holly, comme si quelque chose de plus mystérieux manquait.

Ce petit quelque chose, c'était Lukas qui le lui avait fait ressentir lorsqu'ils avaient passé la nuit sur le voilier. Cette fois-là, les choses avaient été bien différentes, comme si Lukas l'avait entièrement comprise.

Lorsqu'il l'avait embrassée, elle ne s'était pas soustraite à son emprise. Elle était curieuse. Serait-ce différent des lèvres de Matt ? Son manque d'expérience la poussait à savoir.

Si Lukas avait été trop pressé, elle aurait tout de suite dit non. Mais ses gestes si lents, empreints de patience et de douceur, avaient transformé sa curiosité en désir.

Allez, continue ! l'avait-elle intérieurement encouragé. Jusqu'à cette fameuse nuit, elle ne savait pas que la lenteur était bien plus délectable que l'empressement, que chaque frôlement aiguisait les sensations, attisait le feu de l'envie. Avec Lukas, l'attente prenait un sens nouveau. Ses lèvres sur les siennes avaient fait battre son cœur, la caresse de sa langue avait déclenché une pluie d'étincelles sur son corps frémissant. Ses mains sur son corps l'avaient fait trembler, tout au long de son lent cheminement de ses seins jusqu'à ses jambes. C'était donc cela, l'extase…

C'est à ce moment-là qu'elle avait basculé.

Avec Matt, il n'y avait pas le temps d'explorer, aucune chance d'atteindre la montée de l'orgasme. C'était Lukas qui lui avait tout appris. Pas l'homme qu'elle aimait, auquel elle était fiancée, mais le meilleur ami de celui-ci et, dorénavant, son pire ennemi… Celui qui l'avait conduite à la jouissance et avait calmé son corps tremblant au creux de ses bras, le temps qu'elle reprenne ses esprits et comprenne ce qu'elle avait fait.

Humiliée, furieuse, consciente d'avoir laissé la chose se produire et pourtant persuadée d'avoir été manipulée, Holly avait eu peur. Et si Lukas était allé voir Matt, le lendemain, pour tout lui raconter ? La nouvelle de son départ l'avait surprise, quelques heures plus tard. Et poussée au secret.

Pourquoi Lukas n'avait-il rien dit ? Attendait-il qu'elle s'en charge et brise ses fiançailles ? Et si elle ne disait rien, finirait-il par s'en charger lui-même ? Pendant des semaines, elle avait attendu. Son angoisse montait dès qu'on mentionnait le nom de son amant d'une nuit.

Mais Lukas n'était jamais revenu. Et, à ce qu'elle en savait, il était demeuré muet comme une tombe.

Holly poussa un long soupir pour évacuer la pression, alors que Lukas remontait la longue rangée des voitures. Il fallait qu'elle arrête de paniquer en sa présence. Après tout, elle n'était plus une enfant. Et quoi qu'il puisse faire aujourd'hui, il ne pouvait la blesser. Matt ne saurait jamais ce qu'il y avait eu entre eux.

Elle n'avait pas désiré revoir Lukas, mais maintenant qu'il était en face d'elle, elle n'avait plus le choix et devait relativiser. C'était un fantôme de son passé, il fallait qu'elle s'en occupe pour pouvoir avancer à nouveau avant de partir sur son île et bâtir les fondations de sa nouvelle vie.

Elle se remit en route et suivit Lukas, cherchant du regard la Porsche dont parlaient les magazines, sa « voiture de rêve ». Un modèle vintage, vert amande, nerveux et puissant. Le genre de voitures faites pour les hommes d'action.

Mais Lukas s'arrêta près d'un vieux 4×4 défraîchi, dont l'espace arrière était encombré de bois de charpente.

— Tu viens ? demanda-t-il en ouvrant la portière côté passager.

— Là-dedans ?

— Je n'ai pas pris la Maserati, ironisa-t-il. Tu aurais mouillé les sièges avec ton T-shirt trempé.

— Tu as aussi une Maserati ? s'étonna-t-elle.

— Non, protesta-t-il en riant. Je n'ai que ma Porsche. Mais je conduis aussi le 4×4, c'est plus pratique quand je travaille.

Holly haussa les sourcils. A quoi faisait-il allusion ?

— Je restaure un bâtiment, précisa-t-il devant son air étonné.

— Ah oui ! C'est ce que j'ai entendu dire. Althea m'en a parlé. Et… j'ai lu l'article, admit-elle. C'est comme ça que j'ai trouvé ton adresse. La restauration semble… très bien faite, je dois l'avouer.

Il laissa échapper un petit soupir.

— Qui l'aurait cru, n'est-ce pas ?

— Ce n'est pas ce que je voulais dire !

— Non, j'imagine que non. Ça a surpris ma mère aussi, d'ailleurs. Elle qui avait toujours cru que je finirais mal…

— Vraiment ?

Aussi affectueuse qu'ait pu être la mère de Lukas, Holly imaginait bien qu'avoir un fils aussi turbulent et casse-cou lui avait donné quelques sueurs froides.

— Disons qu'elle est heureuse que ses plus grandes peurs aient été infondées…

Lukas débarrassa le siège passager des pots de peinture vides qui l'encombraient, les jeta à l'arrière du véhicule, puis attrapa une serviette qu'il lui tendit.

— Au cas où tu aurais envie de la mettre sur ton T-shirt pour te réchauffer.

Holly s'en saisit, méfiante.

— Tu as une serviette dans ta voiture ?

— Pendant de nombreuses années, je n'ai pas su quand je trouverais la prochaine habitation sur ma route. Je suis paré à toutes les éventualités.

— Ça ne m'étonne pas de toi, répliqua-t-elle froidement, avant de se rendre compte de l'ambiguïté de sa réponse.

Lukas s'éclaircit la voix, visiblement mal à l'aise.

— Comme je l'ai dit, je te dois des excuses…

Holly, drapée dans la serviette, le regarda du coin de l'œil. Il avait le visage fermé.

— J'aurais dû prévoir ce qui allait se passer, reprit-il. Ne pas me montrer aussi opportuniste.

Holly percevait le malaise qui s'était installé en lui. Etait-il vraiment gêné ? Ce ne semblait pas être le cas à l'époque…

— C'est aussi ma faute, reconnut-elle.

Lukas fourra ses mains dans les poches de son pantalon.

— On ne peut pas vraiment parler de faute…

— Je n'aurais pas dû laisser la situation s'envenimer.

Elle pinça les lèvres, avant de laisser échapper :

— Tu ne l'as jamais dit à Matt…

— Bien sûr que non ! répondit-il, visiblement indigné.

— Je le lui ai dit, moi, finit-elle par lâcher.

Le visage de Lukas s'assombrit d'un coup.

— Tu lui as dis ?

— Pas… Pas tout, murmura Holly. Je pensais que tu voudrais peut-être le faire toi-même, et je ne voulais pas qu'il l'apprenne de ta bouche.

Lukas serrait les dents comme pour contenir sa colère.

— Tu lui as dit qu'on…, lâcha-t-il enfin.

— Je lui ai dit qu'on s'était embrassés.

Lukas étouffa un juron, avant de passer une main sur son visage.

— C'est tout ce que tu lui as dit ?

Il semblait presque soulagé par cet aveu.

— Je ne lui ai pas fait un compte rendu complet, répliqua-t-elle, vaguement irritée. Je pensais qu'il ne tiendrait pas à connaître les détails.

— Non, effectivement.

— Mais je ne tenais pas non plus à être hantée par la peur que tu reviennes tout avouer.

— Je n'aurais jamais…

— Vous étiez amis, répondit-elle calmement. Et Matt ne méritait pas ça.

Derrière ses lunettes de soleil, Holly n'arrivait pas à

distinguer l'expression de Lukas, mais il semblait affecté par ce qu'elle venait de dire et baissa la tête.

— Non, il ne méritait pas ça. Je n'avais aucun droit de le lui infliger.

Holly était heureuse de l'entendre parler ainsi.

— Non, bien sûr, mais c'est arrivé. Je voulais simplement lui en parler, et qu'on puisse finir par en rire tous les deux.

— Ce qui a été le cas ?

— Au bout d'un moment.

Un long moment… Mais Holly n'avait pas envie de lui parler des moments difficiles qu'elle avait traversés. Matt ne s'était pas attendu que son meilleur ami franchisse les limites. C'était sa grande qualité, et sa plus grande faiblesse : il voyait toujours ce qu'il y avait de mieux chez les autres.

Lukas resta muet un moment, le visage impassible.

— Bien. Pas de mal, alors, finit-il par déclarer.

— Non.

Si on écartait, bien sûr, l'horreur qui s'emparait d'elle lorsqu'elle pensait à ce bonheur qu'ils avaient partagé et auquel Matt n'avait pas réussi à accéder, à l'époque. Bien sûr, ils avaient par la suite atteint les voies du plaisir.

Mais elle n'oublierait jamais que la première fois, ce moment si important, si précieux et inoubliable, avait été partagé avec Lukas.

5.

Holly vivait toujours dans son appartement de Brooklyn, celui que Lukas avait connu lorsqu'il habitait encore aux USA et qu'elle partageait avec Matt. Il y était venu une fois pour venir chercher son ami. C'était un appartement modeste mais moderne et confortable, qui jouissait d'une vue remarquable sur l'East River et Manhattan. Lukas avait toujours imaginé que Matt et Holly finiraient par retourner à Long Island pour y élever leurs enfants au calme. Ce serait peut-être arrivé, si Matt n'était pas mort…

Il se demandait quels étaient les plans de Holly pour le futur. Dans sa lettre, elle avait parlé de régler quelques vieilles affaires. Rien d'autre. Dans la voiture, elle lui avait donné la direction de son appartement et avait sombré dans le silence. Après ses excuses maladroites, il s'était tu, lui aussi. Il ne savait pas quoi ajouter. En présence de Holly, il n'avait jamais su quoi dire. C'était pour cela qu'il la taquinait, plus jeune : elle touchait en lui quelque chose qu'il n'arrivait pas à comprendre, et qui le troublait. Il devait alors faire diversion pour ne pas lui révéler ses failles. Elle avait pourtant toujours eu l'air de voir clair en lui, même s'il jouait parfaitement le rôle du casse-cou de la bande. Au moins avait-il su s'excuser aujourd'hui, même si c'était avec douze ans de retard.

Il aurait pu la déposer au seuil de sa porte, et Holly aurait probablement préféré que les choses se passent ainsi. Mais il ne pouvait s'y résoudre. Ce qui l'avait attiré vers elle auparavant existait encore. Et les choses étaient différentes, aujourd'hui. Holly n'appartenait plus à Matt. Alors qu'ils approchaient du bâtiment, et avant qu'elle ait pu dire quoi que ce soit, il lança :

— Il faut qu'on parle du cadeau que tu me demandes de faire.

— Pourquoi ? demanda Holly.

— Je veux en savoir plus sur cette école, et sur ce qu'il adviendra du bateau…

— Je demanderai au père Morrison de t'envoyer une brochure sur l'école, et…

— Je veux que nous en parlions ensemble.

— Quand ça ?

— Pourquoi pas maintenant ?

Lukas pensait qu'elle refuserait, trouvant une excuse pour le laisser à la porte. Elle n'avait qu'à lui dire qu'elle avait un rendez-vous. Mais après un long moment, elle murmura :

— Monte avec moi, dans ce cas.

Elle resta muette jusqu'à ce qu'ils arrivent à la porte de son appartement.

— J'ai besoin de faire un brin de toilette. Il y a des magazines sur la table, si tu veux. J'ai du thé et du café.

— Ça ira, merci.

— Si tu changes d'avis, tu n'auras qu'à te servir.

Elle lui désigna d'un signe de tête le bar qui séparait la cuisine du salon, et Lukas remarqua des papiers qui traînaient sur le zinc. Un appartement à vendre. Celui de Holly.

— Tu déménages ?

Sur le chemin de la salle de bains, elle se retourna.

— Oui. En août.

— Tu as trouvé un autre appart ?

— Non. Je m'en vais.

— Tu quittes la ville ? demanda-t-il, les sourcils froncés.

— Je quitte le pays.

Elle lui adressa son premier vrai sourire de la journée.

— Je rejoins le Corps de la Paix, précisa-t-elle.

Lukas la dévisagea, pour essayer de voir si elle plaisantait ou si elle était sérieuse.

— Tu rigoles ?

— Pourquoi ? Tu penses que je n'en suis pas capable ? lui jeta-t-elle, indignée. Pas assez courageuse ?

— Bien sûr que non, je sais que tu peux le faire.

Holly était l'une des femmes les plus fortes qu'il ait jamais connues. N'avait-elle pas survécu à la perte de son mari ?

— C'est seulement que…

Il venait à peine de rentrer. De la retrouver. Ils avaient enfin fait la paix.

— Tu vis ici, protesta-t-il. Tu as toujours vécu ici !

— Je pense que « toujours » ne fait plus partie de mon vocabulaire, désormais.

Lukas avait du mal à assimiler ce qu'il était en train d'apprendre.

— Alors tu t'en vas à cause de Matt… Tu ne penses pas que la réaction est un peu disproportionnée ?

— Mourir est un peu disproportionné, Lukas, répliqua-t-elle sèchement.

— Oui, bien sûr, enfin… Je suis surpris, c'est tout, je… Je pensais que tu aimais ton travail.

Holly lui adressa un regard interloqué.

— Comment sais-tu cela ?

— C'est ce que disait toujours Matt. Que tu étais fantastique, que les gamins t'adoraient.

— J'aime enseigner, admit Holly. J'aime les enfants.

Son ton s'était empli de chaleur, et il se souvint de son sourire épanoui lorsqu'elle avait parlé aux jeunes, un peu plus tôt.

— Ce sont eux qui m'ont permis de tenir, ajouta-t-elle.

Elle fit une pause avant de reprendre, déterminée :

— Mais il y aura des enfants, là où je vais.

— Où ça ?

— Tu ne connais probablement pas.

Mais Lukas connaissait la petite île du Pacifique dont elle lui indiqua le nom. Après leur soirée de fin d'année, il avait beaucoup voyagé. Il connaissait une centaine d'îles minuscules, et la plupart étaient mornes, inhabitées ou à peine peuplées d'une dizaine de personnes. Il fallait être fou pour vouloir y vivre.

— Et c'est mieux que St Brendan ?

— Pas mieux, non.

— Mais alors…

Holly haussa les épaules.

— Je ne peux pas rester ici. Je ne peux plus continuer à… Tout ça, c'est ce qu'aurait été ma vie si Matt n'était pas mort. Il y a trop de souvenirs avec lesquels je n'arrive pas à vivre, ici.

Lukas percevait la tristesse dans sa voix, et il dut se retenir pour ne pas traverser la pièce et la prendre dans ses bras.

— Je dois comprendre qui je suis sans lui et accepter cette nouvelle vie, termina Holly, la voix grave.

Lukas aurait voulu lui répondre qu'elle était toujours la même, mais au fond, il la comprenait. Ses rêves de jeunesse étaient morts avec Matt. Il fallait qu'elle s'en construise de nouveaux. Il aurait voulu lui dire qu'ils pourraient avoir de nouveaux rêves ensemble, mais il fallait se taire et ne pas brusquer les choses. Ce n'était pas encore le moment.

— Il y a de la bière dans le frigo, si tu préfères. Je dois aller prendre cette douche, s'excusa-t-elle avant de disparaître dans le couloir, laissant Lukas la suivre des yeux.

Holly prit son temps sous le jet d'eau, tâchant de calmer son esprit et ses émotions. Elle avait parlé du problème du bateau à Lukas par courrier, et aujourd'hui il était là, avec elle, dans son appartement. Il n'y avait pas vraiment de problème avec le bateau, mais il y en avait bien un avec Lukas, impossible de le nier.

Depuis toujours, au fond d'elle-même, elle ressentait quelque chose pour lui. Elle ne se l'était jamais vraiment avoué, et bien sûr n'en avait touché mot à personne. Elle avait pu faire semblant ces douze dernières années, prétendre que ce sentiment étrange n'existait pas, parce que Lukas était à l'autre bout du monde.

Elle avait aimé Matt. L'avait épousé. C'était la meilleure chose à faire, pour tous les deux. Et si de temps à autre, elle avait pu se laisser aller à rêver de Lukas, elle savait mieux que quiconque qu'entre eux rien n'arriverait jamais. Lukas avait toujours été quelqu'un de volage et d'instable, celui à qui on ne pouvait jamais faire totalement confiance. Il venait, puis il disparaissait. Il fallait être fou pour espérer vivre avec lui une relation longue et solide. Après quelques mois, Lukas se lassait. L'article qu'elle avait lu sur lui parlait de la variété de ses goûts, de ses innombrables passions et d'une carrière à multiples facettes. C'était probablement une vertu pour un entrepreneur que de s'intéresser à tout, mais on ne pouvait construire de relation sur de telles bases. Elle, en revanche, savait que si elle devait un jour recommencer une histoire, son implication serait intense et profonde, comme la première fois.

— Souviens-t'en, murmura-t-elle sous le jet de la douche. Quelle que soit l'attirance que tu ressentes envers lui.

Heureusement, Lukas n'allait pas rester longtemps. Ils signeraient le contrat de cession, bavarderaient gentiment, parlant de son avenir, et dans une ou deux heures, il serait reparti, pour ne plus jamais revenir dans sa vie.

Ce soir, elle irait voir un film et dîner avec Paul puis oublierait aussitôt cet épisode. Ce n'était pas un problème.

Bien qu'inattendues, les excuses de Lukas lui avaient fait plaisir. Après tout, il avait mûri lui aussi. Ils pouvaient enfin se comporter en adultes, et c'était une bonne chose.

Holly sortit de la douche rassurée, en phase avec elle-même et maîtresse de ses émotions. Dans le salon, Lukas avait fait du café. Elle en sentit l'arôme avant qu'il lui en serve une tasse. Après une gorgée, elle demanda :

— Alors, qu'est-ce que tu veux savoir ?

— Comment se sont passées les douze dernières années de ta vie… Ce n'est pas trop demander ?

Devant sa grimace, Lukas hocha la tête avec un sourire, avant de reprendre :

— Très bien. Alors parle-moi de ce programme pour les jeunes… Pourquoi l'idée de les envoyer sur un bateau délabré enchantait autant Matt ?

— Parce que ces enfants sont un peu abîmés, eux aussi.

Holly s'assit dans l'ancien fauteuil de Matt et proposa à Lukas de prendre place sur le canapé. Il posa sa tasse de café sur la table et s'installa. Il écoutait attentivement ses explications.

— Nous avons de nombreux jeunes à problèmes, à St Brendan. Des gosses qui n'ont pas eu beaucoup de chance, et ne sont jamais sortis de leur quartier. Ils ne connaissent rien du monde, à part ce qu'ils en voient à la télé. Après un voyage en Utah, où nous faisions du canoë, Matt et moi nous sommes dit que c'était exactement le genre d'activité qui leur ferait du bien. Ça a commencé comme ça.

— Vous avez emmené les élèves en Utah ?

— Non, on a commencé à chercher un endroit proche, où ils pourraient s'entraîner. On a acheté quelques vieux kayaks et on a emmené les jeunes à la marina locale… Un désastre !

Lukas haussa les sourcils.

— Ils avaient peur de l'eau, expliqua Holly. Aucun ne savait nager, et ils ne voulaient pas apprendre ! On s'est rendu compte qu'on avait été un peu naïfs.

— Tu as grandi entourée d'eau, tout comme moi, et chez nous, c'est une seconde nature. Tu ne pouvais pas savoir…

— Il a donc fallu qu'on s'adapte : on a commencé par quelques excursions à la piscine. Rien que ça, ça a été un boulot énorme. Pris par le jeu, certains ont appris à nager sans même s'en rendre compte… et ça a motivé les autres ! Le projet a alors commencé à prendre forme. On leur a fait retaper les kayaks pour qu'ils se les approprient, et ça a marché.

Holly souriait en évoquant ces souvenirs.

— Maintenant, ils adorent ça et ont assez confiance en eux pour tenter de nouvelles aventures. Le bateau, eh bien… Il était là, à t'attendre…

— Mais je ne pouvais pas venir m'en occuper, conclut-il en la regardant dans les yeux. Et puis, il n'y avait rien qui m'attendait sur place…

— Enfin, quoi qu'il en soit, fit-elle pour couper court à toute dérive de leur conversation, Matt s'est dit que certains enfants pourraient apprendre à travailler ensemble sur le bateau. Il y passait beaucoup de temps avec eux et leur a appris la voile.

Lukas l'écoutait toujours avec attention, sans l'interrompre, buvant ses paroles, chaque phrase, chaque mot qu'elle prononçait. Cet homme, assis devant elle, attendant simplement qu'elle continue, lui semblait bien différent de celui qu'elle avait connu. Elle avala sa salive avant de reprendre, légèrement troublée :

— Matt venait d'en parler au père Morrison quand il est mort. Mais il disait aussi qu'il fallait attendre ton accord.

— Il l'aurait eu sans problème.

— Tu connais Matt. Tu possédais la moitié du bateau, tu devais donc être consulté.

Mais Holly n'avait pas pu se résoudre à écrire la lettre immédiatement.

— Et d'ailleurs, s'il n'y a pas de problème, pourquoi tenais-tu tant à avoir cette discussion ? reprit-elle, soudain interloquée par l'incohérence qui lui sautait aux yeux.

Lukas haussa les épaules.

— Je voulais te revoir, je te l'ai dit. Bien sûr que tu peux avoir le bateau, ça a l'air d'être une opportunité géniale pour ces jeunes.

Lukas se renfonça sur le canapé en prenant une gorgée de son café, puis poursuivit :

— Mais je veux le revoir avant.

— Le bateau ?

Il hocha la tête.

— Ça fait longtemps.

— Bien sûr, si tu veux.

Elle ne demanda pas pourquoi. Peut-être se sentait-il un peu sentimental. Après tout, il avait passé un nombre incalculable d'heures à travailler dessus avec Matt.

— Il est amarré sur le chantier de ton frère, Elias. Tu n'as qu'à lui demander les clés.

— Je veux y aller avec toi, ajouta Lukas.

Holly faillit recracher son café.

— Avec moi ? Tu n'as pas besoin de moi.

— Besoin, non. Mais je veux que tu viennes.

— Pourquoi ?

Il haussa les épaules.

— Ça semble être la bonne chose à faire.

— Mais est-ce que ça l'est vraiment ? répliqua Holly, acerbe. L'expérience nous a prouvé le contraire.

Etait-il déstabilisé malgré son air si sûr de lui ? Leurs regards se croisèrent, mais Holly ne parvint pas à savoir ce qu'il ressentait réellement à ce moment-là.

— Viens avec moi, Holly.

Etait-ce une question, une requête ou un ordre ? Elle hésita.

— Ou peut-être qu'en définitive tu manques de courage, ajouta-t-il avec un sourire en coin.

Ce sourire… exactement celui qui l'avait charmée des centaines de fois. Comment avait-elle pu croire qu'il avait changé ?

— Tu n'es qu'une brute.

Elle voyait dans les yeux de Lukas qu'il s'amusait avec elle, comme si elle était sa proie.

— Je ne te force pas…

— Vraiment ?

Il semblait ravi.

— Revoici enfin la Holly dont je me souvenais.

La Holly de ses souvenirs était à deux doigts de le gifler. Mais peut-être était-ce une bonne chose, après tout, de s'apercevoir qu'il n'avait pas tant changé. C'était bien le Lukas de toujours, taquin, attirant, mais surtout séducteur.

Très bien. Elle irait. Elle obtiendrait sa signature et tout reviendrait à la normale. Elle se redressa et alla poser sa tasse dans l'évier de la cuisine.

— D'accord. Allons-y.

— Maintenant ? demanda Lukas, déconcerté.

— Pourquoi attendre ?

Si elle ne le suivait pas aujourd'hui, il faudrait accepter de le revoir. Lukas avait remué assez de souvenirs en une journée : elle n'en supporterait pas deux. Elle jeta un coup d'œil à sa montre. 15 heures. Tant qu'elle était de retour ce soir pour son rendez-vous avec Paul, tout irait bien. Elle se retourna pour le regarder.

— Et après l'avoir vu, tu me signeras le contrat de cession ?

— N'est-ce pas ce que j'ai dit ?

Il avait l'air offensé.

— Parce que, bien sûr, tu fais toujours tout ce que tu dis, lui lança Holly d'un ton acerbe. Comme passer l'été à réparer un bateau…

Lukas ne releva pas la remarque.

— Je signerai, promit-il.

Alors qu'elle enfilait une paire de sandales, il appela son frère pour savoir dans quelle partie du chantier naval était entreposé son bateau. Après avoir raccroché, il se tourna vers elle.

— Il faut passer chez lui pour prendre la clé.

Elias vivait à Park Slope, pas très loin de chez Holly. Vingt minutes plus tard, ils se garaient devant chez lui.

— J'attendrai dans la voiture, lança-t-elle alors qu'il allait sortir.

— Certainement pas ! J'ai dit à Elias que nous passions pour prendre les clés et il veut que nous restions dîner.

— Je ne peux p…

— Ne t'inquiète pas. Je trouverai moyen d'abréger.

Lukas sortit et fit le tour de la voiture pour lui ouvrir.

— C'est ma famille. Je ne peux pas attraper les clés au vol et partir en courant. Ça ne fonctionne pas comme ça. Il faut entrer, sourire, ébouriffer les cheveux des enfants, leur dire qu'ils ont grandi…

Holly n'avait pas vu Elias depuis des années et n'avait jamais rencontré ni sa femme ni ses enfants.

— Combien sont-ils ? demanda-t-elle.

— Quatre, c'est une maison de fous…

Mais il n'y avait pas d'enfants à la porte, juste Elias, qui s'arrêta un instant sur Holly avant de sourire à pleines dents.

— Holly, ça fait tellement longtemps !

Sans faire attention à son frère, il prit chaleureusement Holly dans ses bras.

— Tu t'en sors bien, déclara-t-il après l'avoir observée un instant.

Il est vrai que la dernière fois qu'ils s'étaient vus, aux funérailles de Matt, Holly était dans un triste état.

— J'ai connu des jours plus sombres, en effet.

— Alors, qu'est-ce que tu fais avec Lukas ? demanda-t-il en regardant son frère se diriger vers le salon.

— Nous sommes venus pour les clés, elle va bien, on est un peu pressés, répondit Lukas sans se retourner.

Ne portant pas attention à son frère, Elias passa son bras sur l'épaule de Holly et l'entraîna avec lui.

— Tout le monde à la cuisine !

— Qu'est-ce que je t'avais dit, lança Lukas à Holly, en leur emboîtant le pas. Tallie, on ne reste pas, ne nous fais pas à manger !

Il avait pris soin de parler haut et fort pour que tout le monde l'entende, mais Elias se contenta de hausser les épaules en souriant. Ils traversèrent un grand salon, passant à côté de deux chiens, d'un château fort en Lego, d'une paire de rollers et de quelques camions en plastique. Holly regardait autour d'elle, admirative. C'était le salon de ses rêves, plein de joie et de vie, celui qu'elle aurait aimé avoir avec Matt. Mais avant qu'elle puisse s'appesantir sur la question, trois garçons firent irruption dans le couloir.

— Hé ! oncle Lukas ! J'ai un nouveau camion, tu veux jouer avec moi ?

— Oncle Lukas ! On fait un robot ?

— Oncle Lukas ! Tu veux voir comment marche ma fusée ?

— Onc' Lukas ! Prends-moi dans tes bras !

La dernière phrase venait de la cuisine, d'où sortit une petite fille aux longs cheveux noirs qui vint étreindre les genoux de Lukas.

Holly s'était attendue que leur oncle prenne la fuite par la sortie la plus proche. Mais toute impatience semblait l'avoir quitté. Il passa sa main dans les cheveux des garçons, avant de se saisir de la petite fille et de la hisser jusqu'à son visage pour l'embrasser sur les joues.

— Comment va ma nièce préférée ?

Il lui attrapa le bout du nez, déclenchant le rire de toute la famille, avant de se retourner vers les garçons.

— Je crois qu'un robot m'attend, non ?

Les enfants acclamèrent sa question avec enthousiasme. Holly craquait devant une telle scène ! Lukas, un garçon sous chaque bras, traversait maintenant la pièce jusqu'à la cuisine où une femme mince aux longs cheveux noirs comme ceux de sa fille sortait une fournée de cookies du four.

— Tallie…

La femme d'Elias était la version adulte de la petite. Elle déposa les gâteaux sur un plat et vint embrasser Lukas.

— Lukas, bon sang, ça fait une éternité ! Tu resteras dîner, bien sûr !

Lukas jeta un regard à Holly.

— Merci, mais je ne peux pas, Tallie, nous sommes simplement venus chercher les clés du chantier naval, pour le bateau. Je te présente Holly. Holly, voici ma belle-sœur.

Lorsque la femme d'Elias la regarda, Holly eut la désagréable sensation d'être jugée.

— Holly, ravie de te connaître enfin.

Enfin ?

Mais avant même qu'elle puisse demander d'où sortait ce « enfin », Tallie s'avança et la détailla de bas en haut.

— Oui, tu sembles capable de le supporter…

Puis elle se retourna vers Lukas.

— Il était temps que tu nous l'amènes. Lukas n'a jamais amené personne ici, précisa-t-elle à Holly.

— Pers… ? commença Holly, confuse.

Mais Tallie souriait en s'adressant à Lukas.

— Ta mère m'a dit que tu étais enfin en couple. Ton amie est magnifique, ça c'est sûr. Mais je ne sais pas pourquoi, j'étais persuadée qu'elle s'appelait Grace !

— Il n'y a rien de sérieux entre Grace et moi ! C'est ma famille, ils sont comme ça, siffla Lukas à la seconde où ils eurent quitté la maison d'Elias et Tallie. Ils ne savent jamais quand se taire et je crois bien qu'ils n'apprendront jamais !

Il démarra le 4×4 et quitta le parking.

Holly, qui avait vu le visage de Lukas s'empourprer lorsque Tallie avait mentionné Grace, ne fit aucun commentaire. Elle n'était pas surprise que Lukas n'ait pas été sérieux dans sa relation avec cette Grace, qui qu'elle puisse être. Lukas n'était sérieux dans aucune de ses relations.

— Tu atteins les trente ans et subitement, il faut se marier, grommela Lukas entre ses dents. Ma mère apprécie Grace. La parfaite belle-fille !

— Peut-être que ta mère a raison…

— Elle a probablement raison, confirma Lukas. Mais il n'est pas question que j'épouse Grace.

— Ta décision ne me surprend pas, répondit Holly plutôt sèchement.

Lukas détourna son attention de la route pour croiser son regard.

— Qu'est-ce que ça veut dire ?

— Rien, répondit-elle en haussant les épaules. Enfin… Avec combien de filles t'ai-je vu sortir à l'époque ? Et combien, depuis ? Franchement…

— C'était avant, grogna Lukas.

Holly ne voyait pas la différence entre avant et maintenant. Grace avait de la chance qu'il se soit vite lassé d'elle, elle pourrait passer à autre chose sans avoir trop souffert.

— Ma mère vieillit et elle aime les belles histoires, continua Lukas, surprenant Holly qui s'attendait qu'il change de sujet. Grace est la petite-fille du vieil amour perdu de l'homme avec qui j'ai travaillé en Australie. Nous nous sommes vus quelque fois, Grace et moi, et ma mère pense que ce serait très romantique si je l'épousais. Mais ça n'arrivera pas.

— Je te crois.

Il poursuivit sans relever sa remarque, les yeux fixés sur la route qui menait à Long Island.

— Bien sûr, ma mère veut des petits-enfants.

— C'est normal, pourquoi n'en voudrait-elle pas ? Et puis, tu sembles aimer les enfants…

— Ce n'est pas une raison valable pour se marier !

lâcha Lukas qui serrait de plus en plus fort le volant. Et je ne compte pas me marier pour faire plaisir à ma mère.

— Ça, je peux comprendre, avoua-t-elle.

Les mâchoires de Lukas étaient serrées, comme s'il réfléchissait profondément

— Tu aimes les enfants, Holly ?

Qu'est-ce qui lui prenait, de poser une question pareille ? Elle hocha la tête.

— Oui, sinon je n'enseignerais pas…

— Mais tu n'en as pas.

Il lui avait jeté un regard furtif : c'était presque une question. Holly voulut répondre que cela ne le concernait pas, mais avant qu'elle ait pu le faire, Lukas reprit :

— Désolé. C'était une remarque déplacée.

— Nous voulions des enfants, avec Matt. Plein d'enfants… On a attendu que Matt finisse son doctorat avant d'essayer. Mais nous n'avons pas réussi. Après deux ans, nous sommes allés voir un médecin. Tout était normal, le médecin nous a dit que la question nous préoccupait trop, qu'il fallait attendre et que les choses s'arrangeraient d'elles-mêmes. Selon lui, une surprise devait bientôt arriver.

Elle jeta un regard à Lukas, qui l'écoutait attentivement. Elle n'avait jamais parlé de cela à personne.

— Le docteur ne s'était pas trompé : la mort de Matt a surpris tous ceux qui le connaissaient. Et j'ai fait une fausse couche la semaine suivante.

Lukas avait ralenti l'allure, la fixant aussi longtemps qu'il le pouvait sans les mettre en danger.

— J'étais enceinte d'un mois, reprit Holly d'une voix sourde. Je ne le savais même pas avant… avant de perdre l'enfant.

Il y eut un instant de silence. Lukas était resté muet, mais il saisit sa main pour la presser avec force. C'était la dernière chose à laquelle Holly s'attendait. Cependant, elle se laissa faire.

— Je ne savais pas, finit par lâcher Lukas. Je suis désolé. Personne ne m'a rien dit. Après la mort de Matt, j'ai demandé de tes nouvelles à ma mère, à plusieurs reprises. Elle disait que tu t'en sortais. On ne m'a pas prévenu que…

Holly le coupa :

— Elle ne savait pas. Personne ne l'a su.

— Personne ? Pourquoi ?

— C'était… Cela faisait beaucoup, tenta-t-elle d'expliquer, étouffant un lourd soupir. Tout le monde était dévasté par la mort de Matt. Imagine si je leur avais dit pour l'enfant. Ils savaient tous à quel point nous voulions fonder une famille. S'ils avaient su que j'avais aussi perdu l'enfant… Je n'ai pas pu me résoudre à le leur révéler.

Lukas hocha la tête.

— Je comprends.

Holly leva les yeux vers lui. Lukas tenait toujours sa main pour tenter de la réconforter. Après la mort de Matt, les amis et la famille étaient tous venus lui apporter leur soutien, souvent de manière trop démonstrative et presque embarrassante. Personne ne savait quoi faire pour la consoler et apaiser une peine qu'ils ne pouvaient pas vraiment comprendre. Et c'était normal car il n'y avait rien à faire. Après sa fausse couche, elle ne voulait pas revivre la même épreuve. Elle n'en avait pas la force.

La main de Lukas enveloppait totalement la sienne, ferme et puissante. Une main qui avait connu l'effort et le dur labeur. Même s'il travaillait aujourd'hui derrière un bureau, il passait encore beaucoup de son temps libre à l'extérieur.

— Ce travail de rénovation de l'immeuble, tu le fais seul ?

Il comprit qu'elle voulait changer de sujet et hocha la tête, avant de sembler se rendre compte qu'il lui tenait toujours la main. Il la lâcha.

— Je ne fais qu'une partie du travail. Je laisse tout ce qui est vraiment technique aux professionnels. Mon cousin Alex est architecte. C'est lui qui a fait le schéma de la rénovation. Et j'ai une entreprise de construction, maintenant. Ils se chargent du reste.

— Je me demande bien à quoi peut ressembler un immeuble rénové par Lukas Antonides !

Il se lança alors dans une description des galeries du rez-de-chaussée et des studios où les artistes seraient en résidence, à travailler à la vue de tous. Il lui parla aussi avec passion des bureaux et des sept appartements.

— Certains sont même terminés, ajouta-t-il avec un sourire satisfait. En tout, trois sont déjà prêts, dont le mien et celui de Jenn, la directrice de la galerie qui arrive lundi. Je n'aurais pas pu en finir un seul sans aide. Tu devrais venir voir.

— Pourquoi pas…

Mais Holly savait qu'elle n'irait pas. Elle devait avancer.

— Je suis sur le point de partir, reprit-elle. Il faut que j'arrange l'appartement pour les visites potentielles. J'aurais dû m'y mettre plus tôt. Je n'arriverai à rien tant que l'année scolaire ne sera pas terminée, de toute façon.

— Ils ont essayé de te faire changer d'avis, à St Brendan ? Ils ont dû se démener comme de beaux diables pour garder une aussi bonne enseignante que toi.

— Ils ont essayé. Mais il est temps pour moi d'aller de l'avant. Tu sais de quoi je parle.

Lukas haussa un sourcil.

— Moi ?

— C'est ce que tu as fait non ? Quand tu es parti.

Lukas fixa la route.

— C'était différent.

— En quoi ?

Il ne répondit pas et haussa les épaules en silence.

— Alors tu ne comptes pas en parler ? reprit-elle.

Lukas semblait visiblement embarrassé par la tournure qu'avait prise la conversation.

— Non.

— Mais…

— C'est pourtant évident, non ? Tu ne devines pas pourquoi je suis parti ?

Elle fronça les sourcils. Oui, il avait trahi Matt. Il l'avait déjà dit. Et plus rien ne le retenait ici. Mais il avait aussi fait une croix sur ses études. Elle essayait de deviner ce qu'il pensait, mais comme quand il était jeune, Lukas avait ce visage impassible que personne ne parvenait à déchiffrer.

Le chantier naval était désert. Le soleil se couchait, étirant ses derniers rayons sur les toits des bâtiments.

— Je vais aller ouvrir, fit-elle en sortant de la voiture. Tu pourras te garer.

Elle ne l'attendit pas. Le souvenir de Matt la rendait nostalgique. Ils étaient venus ici, peu de temps avant sa mort. Matt voulait revoir le bateau, et il avait marché lentement, comme pour faire durer le plaisir. Il avait parlé de Lukas, ce jour-là. « Nous allions faire ceci… » ; « Lukas voulait faire cela… ». Mais leurs projets étaient restés au point mort.

Bien sûr, Lukas n'avait pas pris soin de terminer ce qu'ils avaient entrepris avant de s'enfuir. Holly s'était sentie coupable ce jour-là, comme chaque fois que Matt mentionnait son meilleur ami.

— Attends-moi ! Rien ne presse, lança Lukas en courant pour la rejoindre.

Il souriait, mais redevint sérieux lorsqu'il vit le visage sombre de Holly.

— Qu'est-ce qui ne va pas ?

— Tout va bien. Allons-y.

Elle allait faire demi-tour, mais il lui saisit le bras.

— Tu pleures.

Il la regardait, soucieux, concerné.

— Je… Matt et moi, nous étions venus ici. Il était tellement heureux. Il avait tellement de projets… Désolée, je n'ai pas l'habitude de me laisser aller.

— Tu n'as pas à t'excuser. Tu veux retourner quelques minutes dans la voiture ?

— Non. Je vais bien.

Il n'avait pas l'air convaincu.

— Je peux y aller seul, Holly. Je veux juste revoir le bateau.

Lukas semblait anxieux, comme s'il redoutait quelque chose. Voulait-il, lui aussi, faire face à ses fantômes ? Malgré sa proposition, il lui tenait toujours fermement le bras.

Il ne la lâcha que lorsqu'ils arrivèrent au bateau. Sous les yeux de Holly, Lukas fit le tour de l'embarcation en silence, le visage fermé, impénétrable. Le nom du bateau, *Promesse*, leur rappelait cruellement leurs rêves de jeunesse. Lukas effleura la coque de la main, puis sourit.

— Ce sera parfait pour les enfants, murmura-t-il. La promesse de jours meilleurs, une promesse qu'ils pourront tenir.

Pas comme celle qu'il avait faite… Holly aurait juré qu'il ne s'en souvenait même pas. Mais peut-être avait-elle tort, à voir Lukas si concerné par le bateau, inspectant les réparations qui avaient été effectuées sur la coque. Il y avait de la tristesse dans ses yeux et peut-être même de la douleur. Lukas, muet, passait la paume de sa main sur le travail de Matt, comme pour ressentir toute l'énergie que son ami avait mise dans son ouvrage.

— Matt a beaucoup travaillé dessus, précisa-t-elle.

Lukas hocha la tête.

— Je vois. Il ne m'en a jamais parlé.

— Peut-être ne voulait-il pas que tu te sentes gêné de l'avoir lâché.

Il prit cette remarque en pleine tête.

— Tu as probablement raison. Les enfants viendront travailler ici, au chantier ?

— Sûrement. Elias est d'accord.

— Quand commenceront-ils ?

— Dès que la cession sera actée. Tu es prêt ?

— Pas tout à fait.

Il se retourna, s'agrippa au bastingage et se hissa sur le bateau avant de disparaître dans la cabine.

Holly regarda l'heure sur son portable : il était déjà plus de 17 heures, et elle commençait à s'impatienter.

Finalement, Lukas réapparut.

— Il y a eu pas mal de boulot mais il en reste à faire…

Holly hocha la tête, alors qu'il sautait hors du bateau pour la rejoindre sur la terre ferme.

— Ça devrait les tenir éloignés de la rue et des problèmes, reprit-il. Ça sera vraiment une expérience enrichissante pour eux.

Il acceptait… Elle lui adressa un grand sourire et sortit les papiers de son sac.

— Alors, tu signes ?

Lukas esquissa un sourire.

— Tu sembles pressée de te débarrasser de moi !

— Pas du tout. C'est seulement que j'aimerais rentrer.

Elle lui tendit le contrat et un stylo.

— Il est presque l'heure de dîner, fit remarquer Lukas. Je signerai pendant le repas. Où est-ce que je t'emmène ?

Holly secoua la tête.

— Désolée, je ne peux pas.

Lukas la regarda, suspicieux.

— Tu ne peux pas, ou tu ne veux pas ?

— J'ai déjà un rendez-vous.

— Un rendez-vous ? répéta-t-il comme s'il n'arrivait pas à comprendre le mot.

— Avec quelqu'un.

Holly avait un rendez-vous…

Toute la journée, il s'était montré plein d'attentions pour elle, la traitant avec respect, compatissant au chagrin qu'elle ressentait en évoquant la mort de Matt. Et elle, pendant tout ce temps-là, elle attendait qu'il la libère pour pouvoir aller à un rendez-vous !

De rage, Lukas mit un grand coup de pied dans le pot de peinture le plus proche de lui. Il avait essayé de s'en moquer, de se convaincre qu'il pourrait vivre sans Holly, mais c'était inutile. Il était furieux.

— Qui est-ce ? Qu'est-ce qu'il fait ? avait-il exigé de savoir en la reconduisant à son appartement.

Holly avait hésité avant de répondre.

— Il s'appelle Paul, il est psychiatre. Un ami de Matt… C'est un type bien, il te plairait, avait-elle ajouté.

Lukas en doutait. Bien sûr, Holly avait le droit de sortir avec qui elle voulait. Mais cela ne changeait rien à la colère qu'il ressentait. Sa jalousie et sa possessivité le mettaient hors de lui. Le fait que leur rendez-vous n'ait « rien de sérieux », selon les mots de Holly, n'y changeait rien.

— Nous sommes de simples amis, avait-elle dit, comme pour s'excuser, en sortant de la voiture sans le laisser la raccompagner jusqu'à sa porte.

« Quel genre d'amis ? », brûlait-il de demander. Mais il s'était retenu.

— Nous allons à un concert. J'essaye d'avoir une vie.

Alors qu'il marmonnait, elle s'était dépêchée de conclure ce moment qui devenait de plus en plus pesant :

— Je suis pressée, Lukas. Il va arriver d'un instant à l'autre. Mais… c'était formidable de te voir et de parler. Merci encore pour le bateau et St Brendan.

Avec un grand sourire, elle avait agité la main avant de disparaître dans l'immeuble.

Tu n'en as pas fini avec moi, pensa-t-il en frappant une nouvelle fois dans un pot de peinture.

6.

— Il n'en est pas question !

Holly venait de faire irruption dans le bureau de Lukas, le visage rouge de colère. Il dissimula sa surprise.

— De quoi parles-tu ? demanda-t-il sur le ton de la conversation.

Cela faisait une semaine qu'il ne l'avait pas vue. Il avait abattu trois murs, repeint trois appartements, conduit une dizaine d'entretiens pour les galeries et assisté à la première session de rénovation du bateau mais, surtout, il rêvait de Holly toutes les nuits.

Il avait décroché son téléphone pour l'appeler une bonne cinquantaine de fois mais n'était jamais allé au bout de son geste. La question ne se posait plus, visiblement. Sera, son assistante, apparut dans l'encadrement de la porte.

— Je suis désolée ! J'étais au téléphone, et elle… elle est passée sans même me voir.

Lukas adressa un sourire compatissant à sa secrétaire.

— Elle est comme ça, ne vous inquiétez pas. Je me charge d'elle. Vous pouvez y aller.

— Tu ne te charges pas de moi, rugit Holly en plaquant ses mains sur le bureau. Personne ne me prend en charge, Lukas Antonides ! Je ne suis pas Matt ! Tu ne me fuiras pas, tu ne m'éviteras pas !

Sera s'arrêta sur le seuil.

— Vous êtes sûr que tout va bien, Lukas ?

Sans quitter Holly des yeux, Lukas hocha la tête.

— Certain.

Dès que Sera eut fermé la porte, il reprit :

— Je ne t'ai pas évitée, Holly.

Et il disait vrai. Comment, avec un tel désir, aurait-il pu faire une chose pareille ?

Holly souffla avec cynisme. Lukas lui indiqua un siège.

— Assieds-toi, je t'en prie. Tu veux un café ?

— Non, je ne veux pas m'asseoir ! Ni prendre un café ! Tu n'es pas en rendez-vous d'affaires, Lukas. Je ne reste pas.

— J'avais bien compris ce point, répondit-il, sans pouvoir masquer son amertume. Qu'est-ce qui t'amène ?

Elle croisa les bras sur sa poitrine.

— Je ne te laisserai pas faire aux enfants ce que tu as fait à Matt.

— De quoi parles-tu ? répéta-t-il, interloqué.

— Tu étais au chantier naval, hier.

— Et ? C'est un crime ?

Il avait appelé le père Morrison, le lundi, pour venir travailler un peu aux côtés des jeunes, curieux de savoir comment ils s'en sortiraient. Il avait secrètement espéré que Holly les accompagnerait, mais elle n'était pas venue. Les adolescents, eux, avaient été adorables.

— Plutôt.

— Et pourquoi ?

— Parce que tu leur donnes de faux espoirs !

Elle recommença à s'emporter.

— Ils vont t'attendre tous les week-ends, maintenant ! Tu vas y aller une fois ou deux, les laisser s'attacher à toi, et puis tu les laisseras tomber.

— Non, j'ai bien l'intention de…

— C'est dans ta nature, Lukas, insista-t-elle. Tu commences des choses, mais tu ne mènes rien à son terme.

— Bon sang, mais…

— Tu l'as déjà fait. Le minikart que tu voulais construire avec Matt ! La plongée !

— J'ai appris à plonger ! protesta Lukas. Plus tard !

— Et puis il y a eu le voilier. Un jour tu étais plein de projets sur le long terme, voulant le réparer pour pouvoir faire le tour du monde, et le lendemain, tu avais quelque chose de mieux à faire en Grèce.

— Nous connaissons tous les deux la raison de mon départ, Holly.

Elle recula d'un pas, comme s'il l'avait giflée. Après avoir pris une longue inspiration, elle finit par demander :

— Alors, c'est… ma faute ?

Lukas bondit de sa chaise.

— Bien sûr que non ! C'est *ma* faute ! Je te l'ai déjà dit ! Mais tu sais pourquoi je suis parti.

Elle hésita, avant d'acquiescer.

— Alors je suis censée te remercier d'être parti ?

— Tu pourrais, répliqua sèchement Lukas. Mais je ne te le demande pas.

Holly se mit à faire les cent pas. Elle le fascinait, à l'époque comme aujourd'hui. Elle était vraie, loyale et courageuse. Personne ne lui tenait tête comme elle.

Elle se retourna pour lui faire face.

— Ecoute, c'est simple. Je t'ai expliqué que ces enfants n'avaient pas été gâtés par la vie. On les a laissés tomber plus d'une fois. Ils ont besoin de pouvoir faire confiance aux autres.

— J'ai compris, répondit simplement Lukas.

— Ce qui signifie que si tu veux aller là-bas, il faudra être présent, vraiment, et ne jamais te défiler.

— Je le serai.

— Peut-être que tu le penses sincèrement aujourd'hui, mais tant de choses imprévues peuvent arriver…

Lukas savait très bien qu'à cet instant-là, ils pensaient tous les deux à ce fameux soir, des années plus tôt.

— Tu es à la tête d'un empire, poursuivit-elle. Comment

sais-tu qu'il ne te faudra pas partir à l'autre bout du monde pour régler un problème important ?

— Justement parce que je suis à la tête d'un empire, et que je décide de mes priorités. Si je dis que je serai là, je le serai.

Ils se livraient à un véritable duel de regards. Holly ne cédait pas d'un pouce, mais Lukas ne comptait pas non plus reculer. Il avait mûri et savait aujourd'hui tenir parole. Cependant, il devait admettre qu'il n'avait pas mesuré l'importance de sa présence auprès des jeunes. Mais si Holly disait qu'ils comptaient sur lui, il ne se déroberait pas. Elle finit par détourner les yeux, visiblement agacée.

— Je n'irai nulle part, répéta-t-il. J'ai compris ce que tu veux dire, Holly, et je peux trouver du temps pour eux.

Nerveux, il passa une main dans ses cheveux, avant d'ancrer à nouveau son regard dans le sien.

— Je te le jure, Hol. Je serai là. Croix de bois, croix de fer.

Il avait fait le geste avec ses doigts, comme un enfant, et vit son regard s'attendrir.

— Croix de bois, croix de fer, pour le bateau ?

Lukas hocha la tête.

— Bien, je suppose que ça va, alors, conclut Holly.

Un petit sourire naquit au coin de ses lèvres.

Lukas aurait préféré qu'elle soit plus démonstrative, qu'elle se jette dans ses bras, mais il savait bien que ce n'était pas le moment. Il attrapa sa main.

— Ça va aller pour nous aussi ?

— Quoi ? Je… Oui, bien sûr.

Il aurait dû la libérer de son emprise, car il n'obtiendrait rien d'autre d'elle. Mais il en voulait toujours plus. Il voulait ce qu'il n'avait pu avoir, et qui dormait au fond de lui depuis tant d'années…

Il ne désirait pas simplement qu'elle le rassure sur l'avenir de leur relation. Il voulait qu'ils se lient l'un à l'autre, il voulait sentir son cœur battre pour lui. Sous son regard, il sentait une agréable chaleur monter dans son corps, comme si elle l'ensorcelait. Elle pouvait rompre le sort à tout instant et s'en aller, comme elle l'avait toujours fait.

Mais pas cette fois. Les yeux plantés dans les siens, elle restait là, debout devant lui.

— J'ai envie de t'embrasser.

Les mots avaient franchi ses lèvres sans qu'il ait pu les retenir.

— Tu le sais, non ?

— Ce n'est pas une bonne idée.

— Pourquoi pas ?

— Parce que… Parce que j'ai dit non.

Elle avait détourné les yeux.

— Tu as peur que je m'en aille ? reprit-il. Ou bien de ce qui se passera si je reste ?

Elle le repoussa.

— Arrête !

Holly traversa la pièce pour se réfugier derrière le bureau.

— Il y a quelque chose entre nous, et tu le sais, lança-t-il. Ne me dis pas que tu ne le sens pas.

— Un simple non ne te suffit pas, Lukas ?

— Je peux m'en accommoder. Mais il faut que je sois sûr que c'est bien ce que tu veux.

Le menton relevé, elle lui jeta un regard plein de défi.

— C'est ce que je veux.

Lukas soupira.

— Très bien.

Il avait appris de ses erreurs, et savait ce qui s'était passé la dernière fois qu'il l'avait pressée.

— On va y aller doucement.

— On ne va aller nulle part, répondit-elle, cassante.

Il haussa un sourcil. Elle était revenue dans sa vie. Il ne comptait pas la laisser en sortir comme ça, pas sans se battre.

— Eh bien, je suis contente que nous nous soyons compris. A propos de… De tout ça. Des jeunes…

Lukas inclina la tête.

— Si jamais tu veux changer d'avis…, reprit-elle.

— Je ne changerai pas d'avis.

— Très bien, alors. Je dois y aller, à présent.

— Il est presque 18 heures. On pourrait aller dîner.

— Je vais chez Althea pour dîner. Althea et Stig. Tu l'as rencontré ?

Lukas secoua la tête.

— Encore un nouveau…

— C'est son quatrième mari. Et le bon. Je crois en lui.

— Personnellement, j'attends de voir.

Sa mère lui avait parlé des multiples expériences conjugales de la sœur de Matt.

— Tu y croiras si tu le rencontres un jour, affirma Holly, qui se dirigeait vers la porte.

Elle allait filer de nouveau.

— A quelle heure est ton dîner ?

— A 20 heures. Mais je compte arriver tôt.

— Mais il n'est que 18 heures ! fit remarquer Lukas.

— Je dois aussi appeler mon agence, ils font en ce moment même visiter l'appartement à un réalisateur fantasque… Il paraît qu'il ferait un bon décor de film. Comme si c'était vrai, conclut-elle avec un petit rire.

— Il y a une belle vue.

— Ça ne suffit pas. J'ai eu des acheteurs potentiels depuis que j'ai mis l'appartement en vente, mais rien de concret jusqu'ici. Je ne suis pas inquiète, mais j'aimerais bien pouvoir le vendre avant de partir. Bon, il faut que j'y aille.

— Bien sûr, répondit-il en haussant les épaules. Où habitent Stig et Althea ?

— A West 70th.

Il hocha la tête.

— Eh bien, ça devrait te prendre les deux heures qui te restent, si tu t'y rends à pied après ton coup de fil…

Holly lui jeta un regard interloqué.

— Allez, reste un peu, reprit-il. Laisse-moi te montrer ma galerie, puisque tu es sur place.

— Je n'ai jamais rien vu de tel ! Les peintures murales, les textiles, les sculptures… Les bijoux ! C'est magnifique. Tout le travail artisanal, les opales… C'est fantastique !

Holly savait qu'elle radotait, mais elle ne pouvait s'empêcher de s'extasier sur ce qu'elle avait vu dans la galerie de Lukas. Bien sûr, l'article du journal avait encensé les lieux, mais voir toutes ces œuvres, rencontrer les artistes, partager leur enthousiasme, c'était autre chose. Une visite valait tous les articles du monde. Lukas était impatient comme un enfant, l'entraînant d'une pièce à l'autre, pressé de tout lui faire découvrir. Elle comprenait pourquoi. Il avait mis beaucoup de lui-même dans cette affaire. Et ce serait un succès, il n'y avait aucun doute. Voir tous ces artistes travailler était fascinant. Lukas les lui avait tous présentés.

— C'est le jeu, il faut poser des questions, commenter, échanger. Nous voulons rendre l'art et les artistes accessibles au grand public. Il faut que les gens comprennent le processus et l'esprit des créations.

L'affaire allait s'avérer être un brillant coup de marketing. Lukas lui avait fait visiter tout l'immeuble. Elle connaissait bien sûr le bureau, théâtre de son entrée fracassante un peu plus tôt dans l'après-midi, mais après lui avoir fait visiter les galeries, les studios et les ateliers, il la fit monter jusqu'à la suite du dernier étage, un appartement immense, donnant sur les toits de New York, au plancher de chêne, chaleureux et étincelant. Son propre appartement aurait probablement tenu dans le salon, songea Holly. La sœur de Lukas, Martha, avait peint une fresque sur l'un des murs.

Holly vit ce qui ressemblait à un panorama des moments importants de la vie de Lukas. Une île, dans le Pacifique sud, les toits de New York, la poussière rouge de l'outback australien, les maisons bleu et blanc de Santorin, en Grèce. Un homme qui ressemblait à Skeet polissait une pièce de bois. Ses parents dansaient à un mariage. Martha elle-même s'était représentée, en compagnie de son mari. Une douzaine d'autres lieux et événements agrémentaient la fresque.

Et, bien sûr, il y avait le voilier. Celui-ci était réparé, fendait les eaux. A l'avant, on pouvait voir un homme baigné par le soleil, fixant l'horizon. La scène était très imposante.

— Lorsque Martha commence, il est difficile de l'arrêter, murmura Lukas en se rapprochant de Holly.

Consciente de sa proximité, et troublée, elle fit un pas de côté.

— Elle est vraiment bourrée de talent, tu devrais présenter ses œuvres…

— Elle a déjà signé dans une autre galerie. Et puis, tu te souviens de Martha ? Etre son manager ne doit pas être de tout repos !

La sœur jumelle de Lukas avait toujours eu un fort caractère. Depuis son plus jeune âge, elle savait ce qu'elle voulait et faisait toujours tout pour y parvenir. Personne dans leur famille n'avait jamais eu de vocation artistique. Martha, elle, n'avait jamais envisagé la possibilité de faire quoi que ce soit d'autre.

— Elle aimerait te revoir, fit Lukas. Elle habite avec Theo dans le Montana, mais ils viennent à New York régulièrement. Nous devrions en profiter pour sortir tous ensemble.

— Ce serait une bonne idée, répondit Holly, certaine qu'elle serait déjà partie lorsque l'occasion se présenterait.

Elle jeta un coup d'œil à son portable.

— Mon Dieu, il est déjà 19 h 30. Je dois filer.

Dans l'ascenseur, elle lui reparla des jeunes, et de la promesse qu'il lui avait faite d'aller les retrouver le week-end suivant.

— Croix de bois, croix de fer, s'amusa-t-il en la regardant. Tu te souviens que j'ai promis ?

— Je m'en souviens.

— Je te raconterai tout ce qui se passera. A moins que tu ne viennes sur le chantier toi-même ?

— Non, ce n'est pas prévu.

— Alors je te ferai mon rapport en dînant avec toi, samedi.

— Je n'ai pas…

— Tu n'as pas un autre rendez-vous, n'est-ce pas ?

Holly n'était pas assez bonne menteuse pour s'en sortir.

A l'extérieur, Lukas héla un taxi, lui ouvrit la portière et, une fois qu'elle fut assise, se pencha à sa vitre.

— Samedi, à 18 heures.

Elle n'en parlerait pas à Stig et Althea. Elle n'arrivait même pas à imaginer la réaction d'Althea si elle lui parlait d'un possible rendez-vous avec Lukas.

— Il faut absolument y aller, dit Althea à Stig, qui coupait le rôti.

Celui-ci semblait sceptique.

— Des peintures murales ? Pourquoi pas…

Althea sourit.

— Tu vois ? Il est adorable. Il est même venu choisir ta robe avec moi, hier.

— Vraiment ?

Holly, attablée chez sa belle-sœur, était soucieuse mais Althea, qui débordait d'enthousiasme, ne le remarqua même pas.

— Je lui ai montré quelques boutiques que nous avions oublié de visiter, et il a choisi la robe. Il dit qu'elle s'accordera parfaitement à tes formes

Holly ne savait pas trop si c'était un compliment… Etait-ce une si bonne idée que de laisser choisir Stig ? Ils ne se connaissaient pas tant que cela. Il venait de finir de couper la viande et s'était rassis, satisfait de lui.

— Alors, elle est comment cette robe ? lança-t-elle pour en savoir plus.

Stig secoua la tête.

— Tu verras bien.

— Dès la semaine prochaine, dit Althea en lui passant le rôti. Je pourrai la prendre mercredi, à moins que tu ne veuilles l'essayer en boutique, s'il y a des retouches à faire ?

— Oui, je passerai à la boutique.

Holly s'attendait au pire avec cette robe. Elle n'en doutait pas, le choix de Stig refléterait les goûts d'Althea, qu'elle avait déjà subis lors de ses précédents mariages…

Après le repas, alors que Stig était sorti promener son chien, Althea l'assomma de questions sur Lukas et sa nouvelle galerie.

— Je ne pensais pas qu'elle était prête, l'article disait qu'elle n'ouvrirait pas avant juillet.

— Oui, c'est aussi ce que Lukas avait prévu. Plusieurs artistes sont déjà là, mais pas tous.

— Pourtant il t'a fait visiter !

Holly voyait très bien où sa belle-sœur voulait en venir.

— Il voulait se vanter auprès de quelqu'un… Et puis ça le faisait bouger un peu, grimper les étages, passer d'un artiste à l'autre…

— C'est vrai que Lukas ne peut rester en place plus de cinq minutes, confirma Althea.

— Il refait toute la charpente.

Et, d'après les artistes, il avait plein d'autres idées en tête.

— Je suis sûre qu'il est sexy en bleu de travail.

Holly en était assez convaincue elle-même, et elle se sentit rougir à cette pensée.

— Il attend une nouvelle gérante pour la galerie, précisa-t-elle pour changer de sujet. Elle arrive de Sydney. J'ai cru comprendre qu'elle était très douée et qu'elle pourrait gérer tout ça depuis l'autre côté de la planète. Mais il la veut sur place avant l'ouverture officielle, c'est pour ça qu'ils attendent encore.

— Tu y seras, bien sûr, fit Althea alors qu'elle remplissait le lave-vaisselle.

— Je serai peut-être installée chez ma mère quand la galerie ouvrira.

Althea leva les yeux vers elle.

— Chez ta mère ? Que vas-tu faire là-bas ?

— J'espère vendre l'appartement. Si j'y arrive, il faudra bien que j'aille quelque part en attendant mon départ pour le Pacifique.

— Tu ne vas pas partir dans les trois semaines, quand même ? L'appartement n'est même pas encore vendu…

— Non. Mais j'espère que quelqu'un le prendra vite. Je ne veux pas gérer ça à distance, surtout de l'étranger. J'aurais dû m'en préoccuper plus tôt…

Sa mère lui avait conseillé de mettre en vente l'appartement dès Noël, mais Holly n'était pas encore prête, à l'époque. Elle venait tout juste de se décider à partir.

— Je prendrai un box pour y stocker mes affaires.

Althea avait fini de débarrasser, et se lavait les mains à l'évier. Elle se tourna vers Holly.

— Ça me paraît toujours aussi insensé. Tout plaquer et partir à l'autre bout du monde…

Ce n'était pas la première fois qu'elles avaient cette conversation.

— Althea, je suis sûre de moi. On en a déjà parlé.

Le retour de Lukas Antonides n'était pas pour rien dans son choix de s'éloigner le plus vite possible de New York. Elle ignorait de quelle façon se déroulerait le reste de sa vie, mais elle savait très bien, en revanche, ce que Lukas avait en tête. La manière dont il lui avait dit : « J'ai envie de t'embrasser » résonnait encore en elle. Lukas ne s'était pas exécuté, mais elle avait bien vu qu'il ne plaisantait pas. Et s'il voulait passer à l'acte, rien ne l'arrêterait. Lorsque

Lukas voulait quelque chose, il l'obtenait. S'il avait décidé qu'il la voulait dans son lit, il remuerait ciel et terre pour y parvenir.

Et le plus effrayant dans tout ça, c'était qu'elle se laisserait probablement faire.

Depuis qu'il avait refermé la portière du taxi sur Holly, Lukas s'attendait qu'elle l'appelle pour lui dire qu'un imprévu était arrivé, et qu'elle ne pourrait pas honorer leur rendez-vous du samedi. Il avait coupé son téléphone tout l'après-midi pour ne pas entendre la sonnerie. Lorsqu'il le ralluma, il n'avait aucun message de Holly.

En revanche, il en avait sept autres, dont un de Jenn, la gérante qui devait arriver le lundi suivant.

« Ah ! Luke ! lui disait-elle, avec son accent australien. Désolée, je ne peux plus venir ! Bryan m'a fait sa demande ! Qui l'eût cru ? »

Lukas était fou de rage. Qui l'eût cru, en effet ? Et comment allait-il trouver une nouvelle gérante d'ici à lundi ?

Les autres messages provenaient de différents membres de sa famille qui l'invitaient à venir à la campagne, dans deux semaines.

« Tu me manques ! lui disait sa grand-mère. Quelle utilité de revenir à New York si l'on ne te voit pas plus qu'avant ? »

Martha aussi tentait de le faire culpabiliser :

« Theo, les enfants et moi serons chez les parents dans quinze jours. Rappelle-toi que tu veux nous voir. »

Elias, lui, était plus direct :

« Dans deux semaines, chez papa et maman. Sois là. »

Seule sa mère avait été incapable de dissimuler les vraies raisons de cette invitation :

« Les Panathakos seront là tout le week-end. Tu te

souviens de leur magnifique fille, Angelika ? Elle a hâte de te revoir. »

Lukas soupira. Au moins, aucun des messages n'était de Holly, même s'il lui restait encore deux jours pour changer d'avis, trouver une excuse et le planter là.

Elle n'appela pas le vendredi. Il avait passé la journée au bureau à tenter de trouver quelqu'un pour gérer la galerie. A la fin de la journée, il avait une vingtaine de candidats potentiels, et son téléphone n'avait reçu aucun message.

Lukas était décontracté lorsqu'il se rendit au chantier naval, le samedi matin. Les enfants étaient ravis de le voir, et il dut reconnaître que Holly ne s'était pas trompée : ils comptaient réellement sur sa présence. Il se sentit si bien avec eux qu'il ne vit pas le temps passer. En revanche, l'après-midi fut plus long. Il devait parler à son cousin Alex avant de continuer les travaux en cours dans l'un des appartements. Il avait vu défiler des centaines de CV pour la gérance et sentait que sa tête allait exploser s'il s'y remettait. Quatre heures le séparaient encore de son rendez-vous avec Holly.

Pour se changer les idées, il rendit visite à Elias et Tallie.

— Alors, tes dossiers de bourses, ça avance ? demanda Tallie lorsqu'il apparut dans la cuisine pour s'effondrer aussitôt sur une des chaises.

— Oui, je les ai avec moi. D'ailleurs, tu vas m'aider.

— Je pensais que tu devais les choisir toi-même…

— Absolument, et c'est ce que je ferai, mais je ne me fais pas entièrement confiance, concéda-t-il.

Il sortit la pile de dossiers et la posa sur la table.

— Selon mes estimations, tu as devant toi les artistes les plus prometteurs du lot. Mais il y en a encore dont je doute de la motivation. Je me suis dit que tu pourrais me donner ton sentiment avant le choix final.

Le bruit des garçons qui se chamaillaient en descendant l'escalier attira leur attention.

— Je ne suis pas sûre d'en avoir le temps, répondit Tallie

en inspectant le couloir pour s'assurer que les chamailleries ne tournaient pas mal. Elias fait naviguer un client aujourd'hui, alors il n'y a que moi et les crapules…

— Tu veux que je les emmène au parc ? proposa Lukas.

— Tu dois être désespéré pour me faire pareille proposition ! Je crois qu'ils seront ravis.

— J'emmène Thea aussi ?

— Non, tu as de la chance, elle doit se reposer, et elle dormira mieux si les garçons sont dehors. Tu peux me les prendre jusqu'à 16 heures ?

— Avec plaisir. Et merci de m'aider pour ces dossiers.

— Je t'en prie. C'est moi qui te suis redevable, lança Tallie. J'ai quand même appelé Holly « Grace »…

Lukas se figea un instant et reprit :

— L'affaire s'est bien terminée. Ça m'a laissé une chance d'expliquer qui était Grace, et à quel point elle ne faisait pas partie de ma vie.

— C'est sérieux, entre toi et Holly ?

Il grimaça.

— Non.

— Vraiment ? Je te trouvais bien intéressé. Tu semblais tellement gêné quand je l'ai appelée « Grace » !

Lukas haussa les épaules. Il niait depuis si longtemps que cela faisait presque partie de lui : il était l'homme qui ne s'intéressait pas à Holly.

Les garçons firent irruption dans la cuisine, lui évitant de répondre. Il ne savait de toute façon pas quoi dire.

— Oncle Lukas va vous amener au parc, annonça leur mère, déclenchant une pluie de cris de joie.

Avec un sourire, elle se tourna vers Lukas.

— Allez, filez. Amuse-toi bien. Les garçons vont t'épuiser, tu vas me supplier de les reprendre !

Lukas rassembla les battes, balles et gants de base-ball ainsi qu'un ballon de football, avant de traîner Garret, Nick et Digger hors de la maison.

— Ne les laisse pas te faire tourner en bourrique ! lui recommanda Tallie en souriant.

Lukas la rassura.

— Ça va très bien se passer.

Le bruit et l'agitation des petits ne lui posaient aucun problème, il savait y faire. C'était avec les sentiments qu'il avait plus de mal. Particulièrement ceux qu'il ressentait pour Holly, et qui le rendaient parfois incontrôlable. Avant de partir, il avait posé son portable sur la table de la cuisine, et devant le regard soupçonneux de Tallie, il avait lancé :

— Je ne veux pas être dérangé pendant que je suis avec les garçons.

Il ne lui donna pas, bien sûr, la vraie raison de ce geste : si Holly téléphonait pour lui dire qu'elle avait changé d'avis, il préférait ne pas le savoir. Ou tout du moins le plus tard possible. Il ne voulait pas avoir à affronter en face ce qui serait pour lui un véritable échec, mais surtout une énorme désillusion.

Au retour du parc, il ne fut pas surpris de voir s'afficher sur son téléphone le numéro qu'il redoutait. Lukas attendit d'être au volant de son véhicule avant de l'écouter.

« Désolée de te prévenir si tard. Je ne peux pas venir dîner. L'appartement est vendu et j'ai des tas de choses à régler. Peut-être pourrons-nous faire ça une autre fois, dans quelques années, quand je serai revenue. »

Sa voix était légèrement tendue, et elle avait émis un petit rire contraint avant de reprendre :

« Enfin, merci pour l'invitation. A un de ces jours. Peut-être. J'aime beaucoup ta galerie. »

Et le bip final avait indiqué la fin du message, comme un couperet qui venait l'achever.

« A un de ces jours. Peut-être. »

Une nouvelle fois, la fin. Avant le commencement ?

Non. Pas « un de ces jours ». Pas « peut-être ». Il y avait

quelque chose entre eux, quelque chose qui avait toujours été là. Des années durant, ils s'étaient interdit de partir à la découverte de ce sentiment. Ce n'était peut-être rien de sérieux, peut-être Lukas s'était-il focalisé sur Holly parce que, en un sens, elle était celle qui lui avait échappé. Après tout, on n'est jamais autant fasciné que par ce qu'on ne pourra jamais avoir.

Lukas avait toujours eu un succès démentiel avec les filles.

« C'est désespérant, disait Martha. Tu passes ton temps à les repousser. Est-ce que quelqu'un t'a déjà dit non, à toi, un jour ? »

Oui, une personne l'avait fait, et persistait encore et toujours dans son refus…

S'il pouvait pousser Holly à le désirer, corps et âme, peut-être que cela ouvrirait la brèche… Et quelle était cette excuse encore, la vente de son appartement ? Allait-elle s'arrêter de vivre pour ça ?

A défaut de l'aimer, lui, elle appréciait au moins sa galerie. Il fallait bien commencer par quelque chose.

Occupée à trier ses affaires dans le placard, Holly ignora la sonnette qui venait de retentir et passa une main sur son front moite. Il fallait qu'elle finisse de rassembler ses vêtements, qu'elle stocke ce qu'elle voulait garder et qu'elle donne le reste aux œuvres de charité, lundi. Et les livres qu'il fallait trier… Elle osait à peine y penser.

La sonnette se fit entendre une nouvelle fois, plus longtemps. Holly soupira, étouffant un juron. Il n'y avait qu'une personne capable de s'acharner sur la sonnette comme ça : Deb, sa voisine, qui voulait probablement du sucre ou de la farine.

Deb prenait l'appartement de Holly pour un supermarché de secours et n'abandonnait jamais quand elle avait besoin de quelque chose.

La sonnette retentit une nouvelle fois, de manière très insistante. Deb devait être collée dessus… Avec un nouveau soupir, Holly s'extirpa du tas de vêtements qu'elle triait et, l'irritation montant, se força à afficher un sourire poli avant d'ouvrir la porte avec véhémence.

— Quoi encore ? Je suis au milieu de…

Elle s'arrêta net. Lukas.

— J'ai eu ton message.

Sans y prêter grande attention, apparemment, puisqu'il s'autorisa à entrer et à pénétrer au milieu du chaos qu'était son salon. Holly n'avait vraiment pas besoin de ça en ce moment, c'était trop pour elle.

— Lukas, j'ai dit non ! J'ai du travail !

— Oui, tu vas déménager. En août.

— Mardi.

— Comment ?

Il la fixait, ébahi.

— J'ai vendu l'appartement. Je dois être partie d'ici mardi.

— Mardi ? Tu veux dire dans trois jours ?

— Même pas, répondit-elle en regardant sa montre. Dans soixante et une heures.

— Mais c'est fou, Holly, ça n'a aucun sens. Personne ne fait ça !

— Fraser Holcomb fait ça, apparemment.

— « Le » Fraser Holcomb ?

Lukas avait visiblement entendu parler du jeune réalisateur en vogue, contrairement à Holly, qui ne portait pas grand intérêt aux sorties cinéma.

— Lui-même. Je t'avais dit qu'ils étaient venus faire des repérages. Il a aimé la vue.

C'était peu de le dire. Son assistante avait appelé, pleine d'enthousiasme : « Il a adoré ! C'est parfait ! » Holly ne l'avait pas crue et avait encore du mal à réaliser, même s'ils avaient déjà signé le contrat.

— Il m'a fait une proposition hier matin. J'ai dit à son

assistante que je n'avais nulle part où aller. Elle lui a transmis le message et il a répondu : « Cent mille dollars, cela suffit pour louer un logement jusqu'en août, non ? »

Elle fit une pause pour marquer l'étrangeté de la conversation, avant de reprendre :

— Donc il m'a offert cent mille dollars de plus pour pouvoir entrer immédiatement dans les lieux.

Lukas siffla entre ses dents et Holly haussa les épaules.

— J'ai dit oui. L'offre était trop généreuse pour que je la refuse. Mais là, je panique. Je dois déménager, trouver un lieu où stocker mes affaires… Alors je ne peux vraiment pas…

Lukas jeta un regard autour de lui, prenant son temps, avant que ses yeux reviennent se poser sur Holly.

— Par quoi veux-tu que je commence ?

Holly sentit la panique l'envahir.

— Quoi ? Non ! Tu n'as rien à faire. J'essaye seulement de t'expliquer que…

— Que tu n'arrives pas à t'en sortir par toi-même, et c'est compréhensible.

— C'est mon appartement. Toute ma vie est entre ces murs.

— Et depuis que Matt est mort, tu ne fais confiance à personne.

Lukas avait vu juste.

— Exact.

— Et voilà où ça te mène…

Holly soupira.

— Je devrais engager des déménageurs.

— Non, tu m'as, moi.

Il était têtu, et vu l'expression qu'il arborait, il était inutile de tenter de discuter avec lui.

— D'accord. Commence à empaqueter.

Elle lui montra du doigt les piles qu'elle avait rassemblées sur le canapé, avant de se rendre compte d'un léger souci…

— Je n'ai pas assez de cartons…

— Moi, j'en ai.

Elle fronça les sourcils.

— Ah bon ? Dans tes poches ?

Mais il avait déjà sorti son téléphone.

— Les ateliers des artistes débordent de cartons…

— Bien sûr !

Au fond, Holly se sentait soulagée. Lukas commença à composer le numéro avant de s'arrêter pour lever les yeux vers elle.

— Tu as un endroit où aller, après ?

— Je compte aller chez ma mère. Il faut que je la prévienne, elle est à l'étranger en ce moment. En Ecosse. J'essaye de la joindre.

Sans succès, pour le moment.

— Si jamais je n'y arrive pas, je me trouverai une chambre au Plaza, conclut-elle en souriant pour bien lui signifier qu'elle savait se débrouiller seule.

— Et tes affaires ? demanda Lukas.

— Un box. J'ai appelé quelques numéros.

— Un box, c'est contraignant. Tu pourrais les entreposer chez moi.

Elle secoua la tête.

— Non, c'est une mauvaise idée, je ne veux pas profiter…

— Accepte, la coupa Lukas sobrement. Sauf si tu préfères payer une fortune pour un box minuscule où tes affaires subiront les aléas de la météo…

— Bien sûr, ça n'arriverait pas chez toi…

— Naturellement pas. Je chauffe mon immeuble l'hiver et il a l'air conditionné pour l'été, répondit-il avec un sourire.

Il n'avait plus qu'à porter le coup de grâce, elle était à bout d'arguments. Mais Lukas resta silencieux. Il attendait, la laissant bouillir et se rendre compte par elle-même qu'elle était idiote de ne pas accepter sa proposition.

— Je te paierai, dit-elle enfin, coupable et honteuse à la fois.

Soulagée aussi, de ne pas avoir à gérer le problème du transport de toutes ses affaires dans un box sûrement humide et peu sécurisé.

— Si tu y tiens, répondit-il en haussant les épaules.

Après un instant, il ajouta :

— Moi qui pensais que j'en viendrais à te payer…

Holly lui jeta un regard noir.

— Et je peux te demander pourquoi ?

— Pour devenir gérante de ma galerie jusqu'à ce que je puisse engager quelqu'un à plein temps.

— Ta… gérante ? Ne sois pas ridicule. Je n'ai aucune idée de comment on tient une galerie.

— Tu sais t'occuper de trente enfants, tu sauras t'occuper de trente artistes.

— Tu ne veux pas que je m'occupe de ta galerie. Tu dis ça pour être gentil.

Lukas eut l'air sincèrement étonné.

— Quand m'as-tu vu être *gentil* avec quelqu'un ?

Il y eut un silence. Holly allait répondre : « Jamais » mais ça n'était pas entièrement vrai. Cette fameuse soirée, sur le bateau de son père, il n'avait pas été gentil du tout. Mais le lendemain, elle s'était attendue qu'il raconte tout à Matt. Et il n'en avait rien fait.

Il avait simplement disparu de leur vie.

— Tu peux l'être, finit-elle par répondre.

— Eh bien, pas en ce moment, je ne pense qu'à mon propre intérêt. Crois-moi, j'ai besoin d'une gérante, et rapidement. Jenn ne viendra pas, et je n'ai aucune chance de trouver quelqu'un de sa trempe en un si court laps de temps. Je ne veux pas engager n'importe qui faute d'avoir trouvé la bonne personne.

— Comme moi, fit remarquer Holly. Je n'ai aucune expérience…

— Je sais de quoi tu es capable. Je veux pouvoir prendre mon temps et bien faire les choses. Alors je te demande ce service, jusqu'à ton départ. Six semaines, pas plus. Juste assez pour me laisser le temps de rassembler assez de candidats et de trouver le bon. Entre-temps, tu pourras rester dans l'appartement que je viens de finir et que je destinais à Jenn. Tu seras payée et tu pourras y stocker tes affaires le temps que tu voudras, j'ai bien assez d'espace pour cela.

— Mais… en quoi ce travail consiste-t-il exactement ?

— Tu devras t'occuper des relations humaines, principalement. Tu es douée pour cela, je t'ai vue faire. Tu sais parler aux gens, les calmer, leur faire prendre la bonne décision. Un peu ce que tu as fait avec moi…

— Je ne t'ai jamais fait décider quoi que ce soit !

— Si, Hol, tu l'as fait.

Il restait immobile, la fixant, attendant qu'elle accepte. Bien sûr, elle pouvait refuser. Ce serait plus sage. Car accepter l'offre de Lukas serait une folie. Un acte irresponsable. L'expérience avait montré qu'elle était incapable de lui résister. Comment pourrait-elle garder ses distances pendant six semaines en vivant dans son immeuble, en travaillant jour après jour avec lui ? Comment pourrait-elle partir en août sans avoir, au moins une fois, goûté au fruit défendu ?

Elle en serait incapable, c'était aussi simple que cela. Elle savait qu'elle craquerait et ne se berçait plus d'illusions comme autrefois.

Mais Holly était fatiguée d'être sage et responsable. Elle avait choisi la sagesse, les responsabilités et l'amour tendre en épousant Matt. Et voilà où elle en était aujourd'hui. Pour autant qu'elle ait aimé Matt, tous les souvenirs du monde ne suffisaient pas à la réconforter le soir, quand elle s'endormait seule dans son lit. Sortir avec Paul ne suffisait plus, il n'était pas intéressant. Peut-être même que cela ne lui avait jamais vraiment convenu.

Elle en voulait plus.

Quelque part au fond d'elle, elle sentait battre un désir irrésistible de vivre. Peut-être l'avait-elle ressenti pour la première fois à l'automne dernier, lorsqu'elle s'était rendu compte que sa vie était devenue triste et monotone. Peut-être que son idée de rejoindre le Corps de la Paix était une réaction à ce constat, une tentative pour se retrouver et bouleverser le cours des choses.

Ou peut-être était-ce la galerie de Lukas qui la tentait vraiment. Il y avait là-bas une énergie qui trouvait un écho en elle. Les œuvres irradiaient un vrai dynamisme, et c'était de cette énergie positive dont elle avait le plus besoin en ce moment.

Pour la première fois, elle faisait face à la tentation qu'elle éprouvait pour Lukas Antonides. Un désir auquel elle avait sagement résisté, des années durant. Elle ne voulait plus se voiler la face.

Mais il ne désirait pas les mêmes choses qu'elle. Il ne voulait pas de famille, d'engagement, de long terme. Lukas était un homme de passion, pas de constance. Il ne savait pas se poser.

Mais maintenant que ses rêves d'engagement et de vie rangée étaient morts avec l'homme qu'elle avait aimé, cela valait-il encore le coup de courir après cet idéal ? Elle ne retrouverait jamais ce qu'elle avait vécu avec Matt. Cela avait été parfait, mais c'était fini.

Alors pourquoi ne pas prendre de risques ? Avait-elle encore quelque chose à perdre ?

Elle n'était plus une enfant, ni une adolescente timide. Elle avait ressenti de l'attirance pour Lukas toute sa vie, même s'il ne voulait pas d'une relation engagée. Après tout, l'existence ne se résumait pas uniquement à ce genre de relations…

Six semaines leur suffiraient. Dans six semaines, elle partirait dans le Pacifique sud et laisserait le passé derrière elle. D'ici là, elle ferait une chose à la fois, rien ne pressait. Elle releva les yeux vers Lukas.

— J'accepte.

7.

— Tu acceptes ?

Lukas avait détourné les yeux vers Manhattan et sa forêt d'immeubles, se forçant à se taire pour que la réponse vienne entièrement de Holly. En cas de refus, il avait d'autres arguments en réserve.

Mais elle était d'accord.

Il croisa son regard et vit qu'elle était sûre d'elle, contrairement à ce qu'il craignait. Elle le fixait, résolue et déterminée, prête à relever ce challenge.

Lukas ne se demanda pas ce qui avait poussé Holly à accepter son offre. A vrai dire, il ne savait même pas pourquoi il la lui avait faite… Comme toujours, il s'était adapté aux circonstances et n'avait écouté que son cœur. Après tout, ce qu'il désirait le plus ces derniers temps, c'était se tenir à ses côtés…

Il l'avait attirée au cœur de son immeuble, de son travail et de sa vie. Il la verrait tous les jours, ils travailleraient côte à côte, discuteraient et se disputeraient, sans doute. Et puis… Pour le reste, il préférait ne pas faire de projets. Il ne s'était jamais engagé sérieusement avec qui que ce soit, ses seuls liens pérennes étant ceux qu'il entretenait avec sa famille. Il ne savait pas comment établir une vraie relation. Le voulait-il, d'ailleurs ?

Tu n'es qu'un lâche, pensa-t-il.

Puis il adressa un grand sourire à Holly.

— Génial ! Bienvenue à bord.

Sans plus de cérémonie, il composa un numéro sur son portable. Charlotte, l'une des artistes spécialisée dans le textile et que Holly avait particulièrement appréciée, lui répondit.

— Rassemble l'équipe, lui dit Lukas. On a besoin de bras. Et amène tous les cartons qui traînent. Notre nouvelle gérante emménage et on va lui donner un coup de main !

Lukas avait résolu ses problèmes en un instant. La minute d'avant, Holly suffoquait sous le nombre des décisions à prendre et la lourdeur de l'organisation. Et celle d'après, tout était réglé : Lukas avait pris le relais. En matière d'action, il était d'une efficacité redoutable. Dans l'heure, cinq des artistes les avaient rejoints dans le salon en désordre.

— Dis-nous ce qui part et ce qui reste, lança Sam, qui fabriquait de magnifiques et gigantesques cages à oiseaux. Nous sommes experts dans l'art de l'emballage !

— Et nous sommes ravis que tu viennes travailler avec nous ! ajouta Charlotte.

Les autres acquiescèrent et Holly eut chaud au cœur.

— Où est le patron ? demanda Sam, qui le cherchait du regard.

— Le patron, ici, c'est moi, répondit fermement Holly. Lukas est parti chercher des pizzas et quelques bières.

Lorsqu'il fut de retour, Holly et ses assistants avaient vidé la cuisine et la salle de bains. La présence de toutes ces personnes était décidément capitale. Holly avait besoin de soutien pour faire le tri dans ses affaires. Jeter certains biens et se débarrasser de quelques meubles n'étaient pas des décisions évidentes à prendre. Après une brève pause pour le dîner, Lukas prit les hommes avec lui pour démonter le lit et les dressings.

— Attendez ! Il faudra bien que je dorme quelque part ! protesta Holly.

— Dans ton nouvel appartement, répondit Lukas en déboîtant les chevilles du lit. Tu emménages, tu t'en souviens ?

Holly hocha la tête. Elle avait pensé à un arrangement temporaire mais Lukas semblait avoir d'autres projets.

A 22 heures, tous les cartons étaient en route vers l'immeuble de Lukas, les placards étaient vides et les étagères nues. Les renforts avaient été d'une efficacité redoutable, et avec les remerciements de Holly, l'équipe était repartie à la galerie. Il ne restait plus que Lukas et elle. Les lumières de Manhattan, de l'autre côté de la rive, illuminaient la pièce. Elles semblaient familières et réconfortantes, à l'inverse de la pièce vide dans laquelle elle se trouvait et qui lui semblait soudain étrangère. Holly regarda autour d'elle, assaillie par le souvenir de la première nuit qu'elle et Matt avaient passée là, enroulés dans une couverture sur le canapé, à contempler la vue.

— A nous deux, lui avait dit Matt avant de l'embrasser. Nous allons nous fabriquer de merveilleux souvenirs ici.

Et ils l'avaient fait, pensa Holly, la gorge nouée. Ce soir, elle n'avait plus sa place ici. Il n'y avait plus rien.

Perdue dans ses pensées, elle n'avait même pas remarqué que Lukas n'était plus dans la pièce. On entendait l'eau couler dans la salle de bains. Curieuse, Holly s'y rendit et vit que la porte était ouverte : Lukas faisait le ménage…

— Tu n'as pas à faire ça ! Je peux m'en charger moi-même.

Il se redressa et haussa les épaules.

— Ce sera fait. D'ailleurs, j'ai terminé.

Holly comprit : Lukas avait trouvé ce moyen pour lui laisser un moment de tranquillité, pour qu'elle puisse se recueillir seule avec ses souvenirs. Elle lui sourit.

— Merci.

Il lui jeta un regard plein de sollicitude.

— Tout va bien ?

— Oui, fit-elle d'une petite voix avant de reprendre, plus fermement : Ça va aller.

— Bien sûr que ça ira. Tu es prête à y aller ?

Elle inclina la tête, regardant autour d'elle.

— A moins que tu ne veuilles te charger de nettoyer tout le reste ?

Il n'était qu'un idiot ! Son propre ennemi. Il avait invité la tentation chez lui et contemplait, vingt-quatre heures sur vingt-quatre, ce qu'il ne pouvait pas avoir.

Lukas se retourna sur son lit et contempla le plafond en se demandant ce qu'il faudrait faire pour convaincre Holly de l'aimer.

Elle lui avait laissé un message pour refuser de dîner avec lui, et lui s'était rendu chez elle pour lui proposer un travail et un logement pour les six semaines à venir. Il l'avait vue émue et triste à l'idée de quitter le lieu qu'elle avait partagé avec Matt. Puis il s'était contenté de trinquer à sa nouvelle vie avant de la laisser seule dans son nouvel appartement.

Bon sang !

Lukas ne cessait de se retourner dans son lit. Il fallait qu'il se mette en tête une bonne fois pour toutes qu'il n'avait aucune chance avec Holly, au lieu d'être obnubilé par le fait qu'elle dormait dans la suite au-dessous de la sienne. L'avoir, jour et nuit, à sa portée et devoir se contenter de la regarder… Ce supplice allait le tuer.

Holly devait dormir comme un bébé, contrairement à lui. L'emménagement l'avait épuisée car elle avait tenu à déballer tout de suite la plupart de ses affaires. Il lui avait proposé son aide, même si la frustration de devoir jouer le rôle du bienfaiteur désintéressé lui était insupportable. Dans l'intimité de sa chambre, leur proximité lui rappelait ce qu'ils avaient vécu sur le voilier de son père. Elle avait sorti une paire de draps et il l'avait aidée à faire son lit, lui qui rêvait de le défaire.

Mais il avait vu sa fatigue, l'expression lasse de son

visage lorsqu'ils avaient quitté l'appartement qui avait cessé d'être son foyer pour redevenir un espace sans vie, vide de tous les souvenirs qu'elle y avait emmagasinés avec Matt.

Il pouvait lui faire quitter son appartement, mais il ne pouvait s'immiscer dans sa tête. Elle méritait de garder les souvenirs de celui qu'elle avait aimé et perdu. Holly était restée silencieuse lors du trajet. Peut-être était-elle trop bouleversée par tous ces événements… Qu'avait-il fait ?

Rien de bon ne pouvait sortir de cette cohabitation, rien de ce qu'il avait pu imaginer en lui proposant l'appartement. L'opportunité semblait pourtant parfaite : il passerait du temps avec elle, réapprendrait à la connaître, se présenterait sous un nouveau jour, la charmerait et la mettrait dans son lit.

Mais elle avait été incapable de le regarder lorsqu'ils installaient sur son lit de jolis draps bleu pâle. Il était sur le point de partir lorsqu'elle avait proposé « d'ouvrir une bouteille de vin et de porter un toast à sa nouvelle vie. » Mais il n'y avait aucun enthousiasme dans sa voix et ses yeux tristes trahissaient son malaise.

Lukas s'était contenu et avait répondu de façon très simple :

— Ça me paraît une bonne idée.

Elle avait trouvé la bouteille sans trop de problèmes et était revenue dans la pièce avec un tire-bouchon.

— Charlotte a très bien étiqueté les boîtes, avait-elle lancé, sur le ton de la plaisanterie mais sans qu'aucun sourire n'illumine son visage.

Lukas lui avait pris le tire-bouchon des mains.

— Tu as des verres ?

Il avait joué son rôle de sommelier à la perfection mais lorsqu'il avait levé son verre pour trinquer, Holly lui avait jeté un regard terrifié.

Il était resté silencieux. Il ne trouvait rien à dire qui n'envenimerait pas la situation. Holly avait fini par esquisser un sourire un peu faux.

— A l'avenir, avait-elle lancé d'une voix éteinte.

Le bruit des verres qui s'entrechoquaient avait dissipé un court un instant l'atmosphère pesante qui s'était installée.

A la première gorgée, Holly s'était étouffée à moitié. Lukas était resté immobile, sans savoir quoi faire. Il ne pouvait pas la toucher.

Elle avait laissé échapper un petit rire désespéré.

— Bon sang, avait-elle murmuré. Je suis vraiment pitoyable.

Lukas avait secoué la tête.

— Non. Tu as seulement besoin d'une bonne nuit de sommeil. Tout ira mieux demain.

C'était un mensonge, l'une de ces platitudes qu'on servait faute de mieux à ceux qu'on aimait et qu'on ne savait pas comment consoler.

— Espérons-le, avait-elle dit.

— Bon. Je vais y aller et te laisser dormir.

Holly l'avait suivi jusqu'à la porte.

— Merci, Lukas.

Elle avait la voix rauque et incroyablement sexy. Il devait s'en aller avant de faire quelque chose qu'il regretterait plus tard. Il l'avait saluée maladroitement de la main, sans même se retourner.

— Bonsoir.

Puis il avait claqué la porte derrière lui.

Au fond de son lit, Lukas espérait maintenant que Holly dormait profondément. Elle en avait besoin. Quant à lui, il lui faudrait du temps avant de trouver le sommeil.

Il entendait au loin une sirène de pompiers. D'autres que lui avaient des soucis bien plus graves. L'horloge sur la commode indiquait 2 heures.

Lukas aurait voulu saisir une masse et détruire un mur pour évacuer la tension qui l'habitait, mais il craignait de réveiller Holly et se ravisa en se retournant une nouvelle fois dans le lit.

Ce fut à ce moment précis qu'il entendit frapper.

Un coup à sa porte ? Il n'y avait que lui dans l'immeuble. Lui et Holly.

En un éclair, il sauta hors de son lit avant de s'immobiliser sur le pas de la porte, indécis.

Que faire si c'était Holly, venue lui demander son aide pour régler le thermostat du chauffage, ou qui avait peur du noir et voulait simplement qu'il reste à côté d'elle jusqu'au lever du soleil ? Lui faisait-elle assez confiance pour s'attendre qu'il s'exécute gentiment ? Se faisait-il assez confiance lui-même ?

Un coup d'œil au judas confirma ses craintes. Holly, dans un T-shirt trop grand pour elle, dansait d'un pied sur l'autre devant la porte. Elle leva la main pour frapper à nouveau, puis la laissa retomber avant de commencer à faire demi-tour.

Lukas ouvrit aussitôt.

— Qu'est-ce qui ne va pas ?

Elle se retourna vers lui, muette, le regard perdu.

— Qu'est-ce qui ne va pas, Holly ? demanda-t-il à nouveau, tâchant de garder un ton calme alors que son cœur battait à se rompre. De quoi as-tu besoin ?

Elle soupira, visiblement tendue. Puis elle le regarda droit dans les yeux.

— De toi.

Lukas avait dû mal entendre. Il secoua la tête.

— Pardon ?

— Fais-moi répéter, en plus. De toi, bon sang !

Alors qu'elle avançait vers lui, ses seins oscillaient sous son T-shirt à moitié transparent, et Lukas dut retenir un juron. Il se souvint de ce qu'il avait ressenti lorsqu'il avait fait remonter ses mains sur sa peau, de son ventre jusqu'à sa poitrine, des années auparavant. Il leva les yeux vers le visage de Holly. Elle avait des lèvres à damner un saint.

— Pour quoi faire ? demanda-t-il d'une voix rauque.

— A ton avis ?

Elle s'était arrêtée à un mètre de lui, ses yeux plantés dans les siens. Elle le mettait au défi, comme elle l'avait toujours fait lorsqu'ils étaient enfants. Mais il ne la voyait plus comme une enfant. Plus depuis longtemps… Il ne voulait que la prendre dans ses bras, sentir sa poitrine s'écraser contre son torse et lui faire ressentir la raideur de son propre désir.

— Holly…

Il ferma les yeux et serra les dents, rongé par la frustration.

— Hmmm ?

Pourquoi sa voix ressemblait-elle autant à un gémissement ? Etait-ce son souffle qu'il sentait contre son cou ?

— Holly ! gronda-t-il, incapable de dire autre chose.

Elle posa la main contre son torse et le poussa.

— Holly, la prévint-il. Ne commence pas quelque chose que tu ne pourras pas terminer.

— Je compte bien terminer, lança-t-elle sur un ton presque féroce. Pourquoi est-ce que tu m'as demandé d'emménager ici ? reprit-elle.

Il haussa les épaules.

— J'ai de l'espace. J'ai besoin d'une gérante pour la galerie. Je me suis dit que tu pourrais t'en charger.

— Je ne sais absolument pas gérer une galerie.

— Alors pourquoi avoir accepté ?

— Parce que ça me donnait une excuse.

Holly s'était rapprochée à nouveau.

— Il faut bien une excuse pour obtenir ce qu'on veut vraiment, non ? reprit-elle.

— Comment ça, « ce qu'on veut vraiment » ?

Depuis quand désiraient-ils tous deux la même chose ?

— Je t'ai dit ce que je voulais, Lukas. Toi.

Ça ne faisait plus aucun doute. Elle le désirait… Elle avait envie de lui, de son corps. Lukas fronça les sourcils.

— Ne fais pas comme si tu n'avais pas envie de moi, Lukas Antonides ! N'essaye pas de prétendre que tu fais tout ça simplement pour me rendre service ! Il s'agit d'autre chose, n'est-ce pas ?

Lukas contracta la mâchoire.

— Alors tu veux coucher avec moi, Holly ? C'est tout ? Et après ?

Holly haussa les épaules.

— Je n'en sais rien. Si c'est bon, nous recommencerons.

Lukas faillit éclater de rire. Bien sûr que ce serait bon. Il n'en doutait pas, mais resta soigneusement immobile.

— Admettons, reprit-il, comme sur le ton de la conversation. On va mettre ton projet à exécution, aller au lit, faire l'amour et recommencer. Et ensuite ? Quel intérêt ?

Holly écarquilla les yeux de surprise.

— Quel intérêt ? On parle de sexe, bon sang, le voilà, l'intérêt ! On couche ensemble, plusieurs fois si nécessaire, et on s'en débarrasse une bonne fois pour toutes !

— On s'en débarrasse ? Du sexe ?

Il la fixait.

— Pas du sexe, répliqua-t-elle avec ferveur. De l'autre ! On arrêtera enfin de penser l'un à l'autre !

Peine perdue, pensa Lukas. S'il avait pu faire sortir Holly de ses pensées, il l'aurait fait depuis des années.

— Tu n'auras même pas à rompre avec moi, reprit-elle, presque joyeusement. C'est parfait ! Nous pouvons coucher ensemble pendant six semaines, et reprendre ensuite nos vies respectives. Je pars à l'autre bout du monde, et toi tu poursuis ta route de ton côté. C'est simple !

En effet. Elle était complètement folle. Sa proposition le faisait bouillir, et l'attristait à la fois.

— Tu penses que ça fonctionnera ?

— Bien sûr que oui.

Si elle avait été plus grande, leurs nez se seraient touchés tant elle était proche. En respirant son parfum, il sentit son excitation grandir.

Il vint effleurer sa joue, faisant courir ses doigts jusqu'à la pointe de son menton. Holly restait totalement immobile, telle une statue. Il voulait la voir respirer, haleter, suffoquer sous le plaisir.

Il inclina la tête alors qu'elle levait ses mains pour les poser sur son torse.

Lukas se raidit, et son corps en fit autant. Dans un gémissement de plaisir, il inclina la tête et abaissa les lèvres jusqu'aux siennes.

8.

Leur baiser débuta lentement, presque innocemment, comme en écho à celui qu'ils avaient échangé dix ans plus tôt.

La langue de Lukas vint toucher les lèvres de Holly. Instinctivement, elle les écarta pour lui laisser le passage. Elle en voulait plus et leur baiser devint plus passionné.

Elle désirait la même chose que lui : toucher, goûter, dévorer. D'elles-mêmes, ses mains vinrent glisser le long de son torse musclé. Elle se sentait minuscule contre lui. Lorsqu'il plaqua ses paumes sur ses seins, il gémit de plaisir et approfondit son baiser. Leurs langues se rencontrèrent et dansèrent ensemble. Ses mains chaudes vinrent l'agripper pour la serrer encore plus.

Ça ne durerait pas, Holly en était convaincue. C'était de la passion, du désir, du sexe, rien de plus, Lukas l'avait dit. Il y aurait une fin. Ce n'était pas de l'amour. L'amour devait être réciproque, créer une vraie relation, lier deux personnes, les rendre plus fortes et plus heureuses. Il fallait que les deux partenaires soient à sa recherche pour l'atteindre.

Lukas, lui, ne le voulait pas tomber amoureux. Il avait toujours été clair sur le sujet. L'amour, c'était ce qu'elle avait connu avec Matt. Si Lukas et elle n'alimentaient pas la flamme qui était en train de naître entre eux, alors la rupture serait moins douloureuse que lorsque Matt était mort. Elle pourrait garder un bon souvenir de Lukas.

C'était mieux que rien. Il était inutile de nier l'attraction qui les poussait l'un vers l'autre, mais Holly ne comptait pas se lancer dans une véritable relation avec Lukas. Elle allait obtenir ce qu'elle était venue chercher, un simple plaisir charnel, et tout se passerait bien.

Pourtant, lorsqu'elle entendit Lukas susurrer : « Qu'est-ce qu'on attend ? » elle céda un instant à la panique… avant de succomber à la douceur de ses lèvres et de s'abandonner enfin à son emprise. Elle noua ses bras autour de son cou, comme pour sceller définitivement cette union des corps qui venait de commencer.

Lukas la porta dans la chambre et l'allongea sur le lit avant de s'installer près d'elle. Il était silencieux, mais ses yeux parlaient pour lui : il brûlait de désir. Ses muscles saillants révélaient l'athlète qu'il avait toujours été, et Holly appréciait tout particulièrement de faire courir sa main sur ce corps parfaitement sculpté. Elle tremblait, gémissait.

Lukas était apparemment ravi de voir qu'elle se laissait aller. Brusquement, il s'agenouilla et la releva pour lui enlever son T-shirt. Il prit ses seins dans les paumes de ses mains avec un sourire qu'il ne pouvait dissimuler.

Dans un réflexe de pudeur, Holly fit mine de se couvrir, mais Lukas l'en dissuada.

— Non. Laisse-moi te toucher.

Il inclina la tête pour venir embrasser ses seins, flattant ses tétons jusqu'à ce qu'ils se dressent. Elle laissa échapper une sourde exclamation et s'accrocha à ses épaules. Les traces laissées par la bouche de Lukas ressemblaient aux traînées des étoiles filantes, pensa-t-elle un instant.

Puis elle cessa complètement de réfléchir et s'abandonna totalement à lui.

Holly. Dans son lit. Enfin.

Mieux encore, les mains de Holly sur son dos nu, ses ongles venant enflammer sa peau, et son propre sexe dressé, à la limite de l'explosion. Lorsqu'il sentit les mains de Holly approcher son bas-ventre, il l'arrêta.

— Attends…

Il avait le souffle court. Holly le regarda sans comprendre.

— Comment ?

— Ralentis…

Il n'avait pas réussi à prononcer plus de deux mots sans que sa voix ne le trahisse. Il se sentait comme à l'adolescence, tâchant de reprendre le contrôle sur son corps, de se freiner.

— On… on a toute la nuit, poursuivit-il, parlant toujours difficilement. Pas la peine de se presser.

Inspirant à pleins poumons, il vint enfouir son visage dans les cheveux de Holly, se laissant enivrer par l'odeur de cédrat qui lui avait toujours rappelé la jeune femme. Il mordilla son oreille, couvrit son cou de baisers et reprit ses seins dans ses mains.

— Je dois ralentir, mais toi tu peux faire ce que tu veux, se plaignit-elle.

— Seulement parce que tu en meurs d'envie, répondit-il en relevant les yeux vers elle. Non ?

Elle le fixa, muette, consentante. Sans la quitter des yeux, il fit courir son pouce autour d'un de ses tétons, avant de le prendre entre ses lèvres. Il sourit en sentant la respiration de Holly se bloquer.

— Lukas…

Le gémissement n'était qu'un murmure. Elle posa la main sur la sienne, l'encourageant à continuer. Puis elle se mit à trembler en sentant son pouce passer sur les pointes dures de ses seins, et se raccrocha à ses cheveux, à sa nuque et à tout ce qu'elle pouvait attraper. Il poursuivit sa pluie de baisers plus loin, sur son ventre plat et chaud, autour de son nombril. Proche de la ceinture élastique de son pyjama, il sentit les muscles de son abdomen se contracter. Deux de ses doigts se glissèrent sous la mince barrière de tissu, la tirant vers le bas. Après en avoir débarrassé Holly, il se força à ralentir, parcourant le chemin inverse, de ses chevilles à ses genoux, jusqu'à l'intérieur de ses cuisses.

— A mon tour, lança-t-elle d'une voix décidée, s'attaquant à son pyjama à lui.

Il ne chercha pas à l'arrêter cette fois, malgré sa difficulté à se contenir lorsque les doigts de Holly se glissèrent sous son pantalon. Il serra les dents alors qu'elle enroulait sa main autour de son sexe, peu assurée au départ, puis avec plus de fermeté. Un gémissement rauque lui échappa.

— Doucement.

C'était l'une des meilleures choses qu'il ait jamais expérimentées, la main de Holly sur lui, à la découverte de son corps. Il aurait pu exploser en un instant, mais le moment était encore loin d'être venu.

Il arrêta donc Holly pour pouvoir se concentrer sur elle. Par une série de tendres caresses à l'intérieur de ses cuisses, il se rapprocha de son entrejambe avant de venir y poser sa paume. Elle se cambra lorsqu'il y déposa un baiser. Puis il s'assit en arrière, contemplant la jeune femme. Holly, nue, devant lui.

— Tu es sublime.

Il avait imaginé ce moment des milliers de fois. Holly était une figure récurrente de ses fantasmes, plus prégnante encore à la suite de leur bal de promotion. Impossible que la réalité soit à la hauteur de ses rêves les plus torrides…

Et pourtant…

Holly était tout ce qu'il avait imaginé, et plus encore. Les courbes de ses hanches, la lumière pâle qui se reflétait sur ses jambes parfaites, les tétons dressés de ses seins, le triangle sombre qui cachait la partie la plus mystérieuse et la plus attirante d'elle… Il voulait tout découvrir, tout explorer. Elle avait la peau si douce… Il vint caresser l'intérieur de son intimité. Holly se raidit en se mordant la lèvre. Il la toucha encore, plus intensément et plus profondément, glissant un doigt en elle.

— Lukas ! le pressa-t-elle.

— Hmm ? demanda-t-il, l'air de rien.

— Il y a « doucement » et « doucement » !

Elle plaisantait encore, cambrée dans l'attente du plaisir. Lukas se mit à rire avant de venir passer sa langue sur son sexe. Elle se tendit et colla ses genoux autour de sa tête.

— Tu me rends folle !

— Je m'en doute.

Il n'était pas loin de la folie non plus.

Elle se redressa, lui agrippant les épaules.

— A mon tour.

— Hol...

— On ira doucement, fit-elle avec un sourire malicieux, le prenant au piège de ses propres mots. Tu vas adorer.

Elle allait le tuer ! Lukas émit un grognement qui ressemblait à un appel au secours, mais se laissa faire lorsqu'elle se pencha pour le dénuder. Il gronda, serrant les dents lorsqu'elle prit à nouveau son sexe dans ses mains... Pour s'arrêter, quelques secondes plus tard.

— Holly !

— Tu vois ce que ça fait, rétorqua-t-elle, un sourire de revanche plaqué sur le visage.

Il se redressa mais, d'une pression de la main sur son torse, elle le força à se rallonger et reprit son manège infernal, se glissant à nouveau entre ses jambes. Alors qu'elle avançait sa bouche vers son sexe, il laissa échapper un rugissement. C'en était trop, et il fallait qu'il en finisse. Maintenant.

D'un geste il la fit remonter vers lui, et la maintint visage contre visage, cuisses contre cuisses. Furieusement, son sexe la cherchait déjà. Elle resta contre lui, lui rendant chacun de ses baisers, collant son corps contre le sien et s'ouvrant à lui, enfin, lorsque d'un coup de reins, il la pénétra.

Il atteignait le paradis. L'attente, qui se comptait en années, se voyait récompensée de la plus belle des manières. Plongé en elle, Lukas fit de son mieux pour tenir le plus longtemps possible. Elle s'accrochait à ses épaules et griffait son dos… Une douleur tellement délicieuse… Ardemment, dans un dernier souffle, il la conduisit au bord du gouffre où ils basculèrent ensemble.

Et comme Lukas l'avait toujours prédit, ce fut extraordinaire.

Le lendemain matin, Holly se réveilla, et le mot « fantastique » lui vint immédiatement à l'esprit. L'expérience avait été sublime. Il lui fallait maintenant ranger ce souvenir dans une boîte qu'elle nommerait : « Ma liaison avec Lukas », et qu'elle refermerait à jamais, dans moins de six semaines.

Pour le moment, elle restait allongée dans la lumière pâle du matin, contemplant Lukas qui dormait.

Elle avait couché avec Lukas Antonides. Elle avait passé tant d'années à être en colère contre lui, à le repousser ou à l'ignorer, qu'il était difficile de réaliser la situation dans laquelle elle se trouvait depuis cette nuit.

Allongée, elle étudia le visage détendu de Lukas, réfléchit, puis s'interrompit. Réfléchir à quoi ? Elle n'avait aucune attente. Elle allait profiter de chaque instant au jour le jour pendant six semaines, sans s'autoriser à désirer quoi que ce soit d'autre.

Vis, simplement, pensa-t-elle. Après tout, pourquoi pas ? Elle n'avait jamais imaginé savourer un jour ce moment, la contemplation de Lukas dans son sommeil, alors que sa respiration faisait monter et descendre le drap. Il avait l'air d'un jeune homme, innocent, abandonné…

Son expression habituelle, un mélange d'enthousiasme et de confiance en soi, s'effaçait lorsqu'il dormait. Ses lèvres semblaient l'appeler comme une invitation au plaisir. Et elles avaient tenu leurs promesses…

Holly se redressa sur son oreiller. Elle se sentait pleine d'énergie, comme si la nuit l'avait stimulée. Et si elle voulait s'occuper réellement de la galerie, elle avait du pain sur la planche : elle devait s'installer, apprendre à connaître le quotidien des artistes en résidence, mais surtout s'imprégner totalement des lieux.

Elle ne savait pas vraiment à quoi allait ressembler sa première journée ici une fois que Lukas aurait quitté les bras de Morphée. La situation pourrait être embarrassante. Elle n'avait jamais eu à gérer « l'après ». C'était sa première histoire sans lendemain et elle ne savait pas comment réagir.

Elle se glissa hors du lit et jeta un dernier regard à Lukas. Elle allait passer six semaines de plaisir avec cet homme, en admettant qu'il ne se fatigue pas d'elle avant le terme. Rien de plus. Mais elle s'interdisait d'y penser. *Vis, simplement*, se répéta-t-elle.

Elle allait profiter de la vie pendant six semaines et partir le cœur léger.

A son réveil, Lukas était seul.

Il était presque 9 heures. Il n'avait pas dormi aussi tard depuis des siècles, mais un sommeil de plomb l'avait saisi après qu'il avait fait l'amour à Holly. Il se redressa et s'étira avec un sourire. Puis il descendit à l'étage inférieur et vint frapper à la porte de sa nouvelle gérante.

Holly lui ouvrit, visiblement un peu gênée.

— Bonjour…

Sa voix était douce et hésitante.

— Bonjour, toi.

Il la prit dans ses bras pour l'embrasser. Elle sentait le cédrat, allié à son odeur naturelle, inimitable et envoûtante. Que c'était bon de la sentir contre lui…

— Tu as déjeuné ? reprit-il.

— Non. Je n'ai rien trouvé…

— C'est vrai qu'il n'y a pas grand-chose ici. Mais je

connais un excellent café où nous pourrons prendre un brunch, déclara-t-il en lui prenant la main.

— J'ai du travail, se défendit-elle en montrant les brochures sur la galerie que lui avait données Charlotte un peu plus tôt.

Mais Lukas secoua la tête.

— Je suis ton patron. Je dis : « Brunch ».

Il l'emmena dans un café confortable et tranquille, à quelques pas de la galerie. Sans prétention, l'endroit était visiblement fréquenté par des habitués qui étaient venus en nombre aujourd'hui. Ils durent attendre quelques minutes pour avoir une table.

Depuis son retour en ville, Lukas s'était souvent senti oppressé par le nombre de passants, d'habitants pressés et de taxis en colère. La cacophonie new-yorkaise l'avait surpris et irrité. En Australie, il avait trouvé le calme et le retour dans ce brouhaha était difficile. Pourtant, ce matin-là, la spirale néfaste de la ville n'avait aucun effet sur lui.

Se tenir au côté de Holly semblait avoir un effet bienfaisant, comme si le reste du monde disparaissait autour d'eux. Depuis leur nuit ensemble, il se sentait bien. Il ne pensait pas à l'après, à ce qu'il faudrait faire ensuite. En s'asseyant face à Holly, il comprenait d'instinct qu'il était au bon endroit, le seul qui comptait vraiment à cet instant-là. Il était en face de la seule femme qui pouvait le faire rire, le convaincre, tout cela en moins de temps qu'il n'en fallait pour le dire.

Bien sûr, il aurait tout autant aimé rester au lit avec elle, mais l'occasion se représenterait, il en était convaincu.

— Qu'est-ce qui te fait sourire ? lui demanda-t-elle.

Elle était en train de lui parler du mariage prochain d'Althea.

— Je pensais à retourner au lit avec toi, répondit-il.

Elle leva les yeux au ciel pour cacher sa gêne.

— Eh bien, arrête.

— J'aime y penser. J'aime ce que nous y avons fait. Je pensais que toi aussi, répliqua-t-il en haussant un sourcil.

Elle reporta son attention sur le toast qu'elle grignotait.

— Oui, fit-elle d'une voix timide. Oui, bien sûr…

Le sourire de Lukas s'élargit.

— Parfait, alors. Le mariage d'Althea, c'est pour quand ?

— La fin du mois de juillet. Juste avant mon départ.

Lorsqu'il entendit la date, Lukas sembla embarrassé.

— C'est le même jour que la réception pour les vainqueurs du concours organisé par la galerie. Il va y avoir une grande réception au Plaza et le maire sera là, grimaça-t-il.

— Eh bien, il faudra te mettre sur ton trente et un, conclut-elle.

Lukas baissa les yeux et avala une bouchée avant de revenir au sujet qui l'intéressait.

— On peut parler de ce retour au lit, plutôt ?

— Non ! Je te rappelle que j'ai accepté un travail, et il faut bien que je le commence ! rétorqua Holly, inflexible.

Après avoir bu une dernière tasse de café, ils quittèrent les lieux et retournèrent à la galerie. Lukas passa l'après-midi à montrer à Holly les ficelles de son travail. De temps à autre, il lui proposait de remonter dans la chambre où il serait en mesure de lui faire découvrir nombre d'autres choses tout aussi nouvelles et excitantes. Holly souriait et refusait. Elle prenait sa tâche à cœur, assaillant Lukas de questions auxquelles il n'avait parfois aucune réponse. Mais il lui montra les bases, la comptabilité et lui expliqua les préparatifs de l'ouverture de la galerie. Durant la formation de Holly, il prit conscience qu'il aurait été moins confiant en laissant Jenn, pourtant habituée à ce genre de tâches, gérer la galerie.

Et il se sentait un peu coupable de pousser Holly à reprendre ce difficile flambeau. Il lui avait proposé ce travail sur un coup de tête sans imaginer qu'elle accepterait.

— Ça va être un vrai défi, déclara Holly en retournant à son appartement, une fois leur journée terminée. Mais je ferai de mon mieux.

— J'en suis convaincu. Et tout se passera très bien.

Il avait commencé à la suivre, mais elle se retourna pour lui faire face, dans l'encadrement de la porte.

— Si tu en es convaincu, laisse-moi réécrire mes notes au propre…

— Comment ?

— Va-t'en ! J'ai du pain sur la planche !

— Mais c'est dimanche ! protesta Lukas.

— Ce qui me laisse la fin de la journée pour assimiler tout ce que j'ai appris aujourd'hui. Allez, oust !

— Voyons, Holly, si c'est moi qui…

— Ne me dis pas que tu es le patron, rétorqua Holly. C'est l'arrangement que tu m'as proposé et je m'y tiendrai : je travaille pour toi, je suis logée jusqu'à mon départ.

Holly avait toujours tenu ses promesses… Sauf une fois, le soir du bal de fin d'année. Elle était fiancée, avait fait une promesse à Matt, et l'avait brisée. La colère qu'elle avait ressentie envers elle-même n'avait peut-être jamais disparu. Depuis, chaque promesse était sacrée.

Lukas se passa une main dans les cheveux.

— Très bien, au travail. Si tu as des questions, tu me trouveras en suivant le bruit. Je vais aller faire tomber un mur à la masse. Ça me calmera peut-être.

Holly passa le reste de l'après-midi à étudier la liste des œuvres en vente, se familiarisant avec les techniques de chaque artiste. Elle redescendit ensuite pour observer les préparatifs de la fête d'ouverture, noircissant le carnet de notes qu'elle tenait à la main. Au-dessus d'elle, un bruit assourdissant se faisait entendre : Lukas était au travail.

Elle sourit. Il était probablement torse nu, la masse à la main, en train d'abattre des pans entiers de mur. Portait-il une ceinture à outils ? Elle refréna son envie d'aller vérifier par elle-même. Elle devait se concentrer sur la galerie pour être opérationnelle d'ici l'ouverture. Lukas viendrait la rejoindre de lui-même plus tard, de toute façon.

Effectivement, à 19 heures, il vint frapper à sa porte.

— Assez travaillé. Viens dîner.

— Je dois me changer. Où allons-nous ?

— A l'étage. Et en ce qui me concerne, tu peux venir nue.

Holly prit une douche rapide et passa des vêtements propres avant de monter jusqu'à l'appartement de Lukas. Elle était sceptique quant à ses talents de cuisinier mais il s'était chargé de tout : un plat de spaghettis aux boulettes de viande, une salade verte fraîche et craquante, et une croustillante baguette à l'ail.

Matt était incapable de mettre ne serait-ce que de l'eau à bouillir. Elle avait abandonné l'espoir de le voir un jour aux fourneaux… Alors voir un homme qui cuisinait pour elle était quelque chose de merveilleux, même si l'homme en question n'était pas tout à fait désintéressé et s'empressa de la déshabiller pour la porter jusqu'à son lit, avant même qu'elle ait pu proposer de s'occuper de la vaisselle.

— J'ai un lave-vaisselle, figure-toi, la taquina-t-il en la dévorant des yeux. Il faut bien qu'il serve à quelque chose !

— Oui, enfin, il faut quand même le remplir, Lukas, protesta-t-elle.

— Pas maintenant. Nous avons mieux à faire.

Ils firent l'amour jusqu'aux premières lueurs de l'aube, avant de s'endormir dans les bras l'un de l'autre. Profiter de l'instant présent sans se soucier de l'avenir pouvait vite devenir addictif, songea-t-elle avant de sombrer dans un sommeil profond.

Quand elle s'éveilla, c'était Lukas qui était debout, cette fois, propre et rasé. Il était en train de préparer le petit déjeuner lorsqu'elle sortit de la chambre.

— Bonjour…

Il l'embrassa avec tendresse et passion avant de se refréner :

— Il faut que j'arrête ça ou je vais louper mon rendez-vous avec le maire.

— Tu rencontres le maire ? demanda-t-elle en acceptant le bol de céréales qu'il lui tendait.

— Ce sera sûrement un de ses conseillers. On passe en revue toute la logistique de la soirée d'inauguration. Et je suis presque en retard. Ça ira, pour toi ?

— Bien sûr, répondit Holly. Mon programme de la journée est prêt !

— Ne t'épuise pas, dit Lukas en la détaillant.

— Ça te va bien de dire cela après ce qui s'est passé cette nuit, ironisa-t-elle.

— Toutes les fatigues ne sont pas mauvaises pour la santé ! répliqua-t-il sur le même ton badin en enfilant son manteau. Je serai de retour pour déjeuner !

Holly finit ses céréales avant de remplir le lave-vaisselle. Elle se prépara et, une demi-heure plus tard, elle se présentait au bureau de Sera pour lui demander les dossiers montés par Jenn et laissés à son intention.

— Lukas m'a dit que vous pourriez m'aider, commença-t-elle.

— D'abord, on se tutoie, fit Sera avec un sourire. Tu es la nouvelle gérante de la galerie ? Lukas s'est décidé rapidement…

Embarrassée, Holly précisa :

— Seulement pour six semaines. Moins, si Lukas trouve quelqu'un avant.

— Qu'est-ce qui se passe, dans six semaines ?

Alors qu'elle récupérait les dossiers laissés par Jenn, Holly informa Sera de son projet d'intégrer le Corps de la Paix. Surprise, la jeune femme demanda :

— Tu t'en vas à peine arrivée ? Et pour deux ans ? Lukas est d'accord avec ça ?

— La décision ne lui appartient pas.

— A mon avis, il n'a pas dû bien comprendre, murmura Sera en fermant le tiroir de son bureau.

Holly n'avait jamais caché ses projets, et elle partirait comme prévu. De toute façon, cela arrangeait bien Lukas. Elle remercia Sera et quitta le bureau.

Elle se rendit rapidement compte que Lukas ne lui avait pas menti : son travail s'apparentait à de l'enseignement. Si elle avait bien appris une chose avec les adolescents dont elle s'occupait, c'était que mieux on connaissait ses étudiants, mieux l'on pouvait travailler avec eux. C'était pareil à la galerie. En connaissant chacun des artistes, leur travail et leur spécificité, elle pouvait promouvoir leur art de manière efficace, assurant le meilleur rendement possible. Elle passa d'atelier en atelier, apprenant beaucoup à chacune de ses conversations et recueillant, au passage, quelques informations croustillantes sur Lukas. Sur certaines photos accrochées dans un coin des ateliers, on pouvait voir les sites miniers dans lesquels il avait travaillé. Sur l'une d'entre elles, on apercevait deux hommes, l'un bien plus âgé que l'autre, tous deux couverts de suie. Le vieil homme avait des lunettes rondes posées sur le nez, et l'air éminemment sympathique. Lukas était rayonnant, luisant de sueur sous le soleil, manifestement heureux. Les instantanés avaient capturé de manière authentique le lien fort qui unissait Lukas et son compagnon. On les voyait travailler ou bien discuter ensemble, ou encore poser pour la photo, bras dessus bras dessous. Sur le dernier cliché, ils trinquaient, des pintes de bière à la main. Lukas n'avait jamais eu l'air aussi épanoui. La fierté dans le regard du vieil homme était évidente.

Holly comprit pourquoi Lukas se sentait obligé de se dévouer à la fondation de Skeet. Leur relation avait dû être décisive pour lui, et magnifique. Holly avait connu Lukas dans son enfance et l'avait vu devenir un jeune homme trop préoccupé de lui-même, parfois dédaigneux. Il n'y avait plus rien de cela sur les photos. Elle voyait une profondeur nouvelle dans son regard. Et il avait désormais transféré le lien d'amitié qui l'avait autrefois uni à Skeet aux artistes de la galerie.

— Il nous comprend, lui avait dit Charlotte.

— Il écoute, avait confirmé Sam, avant de lui expliquer que lorsqu'il s'était plaint du manque d'opportunités, Lukas avait simplement demandé ce qu'il pourrait faire pour améliorer les choses.

Et il avait agi en conséquence. On pouvait compter sur lui.

— Il nous laisse tranquilles, avait ajouté Charlotte. Il ne nous force à rien et n'essaye pas de nous influencer, pas même sur la manière dont nous exposons notre travail. Il a compris que c'était notre prérogative, dès la première seconde.

Personne n'avait fait de commentaire négatif sur Lukas. A son retour au bureau, il était presque midi.

— Qu'est-ce que tu veux pour déjeuner ? demanda-t-il à Holly. Beurre de cacahuète ou foie gras ? L'un est dans mon placard, l'autre au restaurant.

— Je dois continuer à travailler, Lukas. Jenn a prévu un buffet pour la réception, mais je dois m'occuper de trouver un traiteur. Servir de la cuisine australienne et néo-zélandaise, pourquoi pas, mais il va me falloir un petit moment pour dénicher un restaurateur compétent.

— D'accord, mais tu dois manger quelque chose.

— Je dois passer des appels.

— Très bien, alors beurre de cacahuète.

Après un sandwich rapidement avalé, il la laissa se remettre au travail sans l'interrompre, pour une fois. Mais à 16 heures, la galerie fut à nouveau envahie par les coups de masse de Lukas. Holly aimait les entendre et l'imaginer, muscles saillants, abattre des murs. A 18 heures, elle releva les yeux pour voir Lukas, en sueur et torse nu, dans l'encadrement de la porte. Sur son jean reposait la ceinture à outils qu'elle avait imaginée dans ses fantasmes.

— Terminé ! lança-t-il.

— Plus de mur à abattre ?

— Pas si je veux que l'immeuble reste debout. Allons prendre une douche.

— Lukas !

Il sourit, diabolique.

— Allez, Holly, je sais que tu meurs d'envie de me frotter le dos.

Et bien plus que cela… Holly se leva, décidée.

— OK. Dépêche-toi de filer à la douche.

Dans les jours qui suivirent, Lukas eut maintes fois l'impression d'être au paradis. Holly régnait sur les locaux, les yeux étincelants de malice et d'intelligence. Il la voyait au petit déjeuner, au dîner, et cuisinait souvent pour elle.

— Un homme qui me prépare des petits plats ? avait-elle observé, rieuse. Ce n'est pas une hallucination…

Le cœur de Lukas, lui, battait bien plus rapidement en sa présence. Il avait eu peur que Holly ne soutienne pas la comparaison face à ses fantasmes de jeunesse. Car dans la vie, la réalité était rarement à la hauteur des rêves.

Mais Holly était bien au-delà de tout ce qu'il avait pu imaginer. Si le souvenir qu'il avait d'elle avait toujours rendu fades les autres femmes qui avaient pu traverser sa vie, Holly, la vraie, en chair et en os, surpassait tout.

Pour un homme qui avait passé son existence à poursuivre un but qui ne cessait de le fuir, l'expérience était nouvelle et tellement grisante… Il ne voulait pas que ça s'arrête. Pourquoi diable Holly devait-elle partir à l'autre bout du monde ?

Elle s'en sortait très bien ici, à ses côtés. Ils s'entendaient aussi bien au lit qu'en dehors de la chambre à coucher, alors pour quelle raison quitter ce cocon si parfait qu'il lui avait offert ? Se souvenant qu'elle aimait le base-ball, il l'invita à quelques matchs amateurs auxquels il participait. Elle vint pour l'encourager depuis les tribunes.

Il aurait aussi aimé la convaincre de venir avec lui au chantier naval, les samedis après-midi, avec les jeunes. Elle lui posait toujours une foule de questions lorsqu'il revenait, mais refusait de l'accompagner.

— J'ai du travail, répétait-elle inlassablement.

— Le travail peut attendre.

Elle secouait la tête.

— Pas les artistes…

Holly était déterminée à tenir sa promesse. Lukas ne pouvait pas se plaindre. A la seconde où elle avait pris la galerie en charge, les choses avaient commencé à bouger. Elle était loin de connaître tous les aspects du métier mais savait toujours à qui poser les bonnes questions. Elle avait même appelé Grace pour lui demander conseil.

— Grace Marchand ? lui avait demandé Lukas, surpris.

Elle était en train de préparer le dîner dans la cuisine, comme s'ils y avaient vécu depuis des années.

— Tu connais Grace ? avait-il insisté.

— Non, mais toi tu la connais, avait-elle répondu en nettoyant la salade qu'elle allait préparer. J'ai dit que je travaillais pour toi et elle a été ravie d'aider. Nous allons déjeuner ensemble demain… et tu n'es pas invité !

Encore heureux ! avait songé Lukas.

Sur quoi elle avait repris la préparation de sa salade.

Le lendemain, Lukas brûlait de savoir comment le déjeuner s'était déroulé. Il décida de passer au bureau de Holly, sous prétexte de l'informer de son prochain match de base-ball.

— Comment allait Grace ? demanda-t-il.

— Cette femme est brillante. Elle ferait une gérante

parfaite pour la galerie. Elle connaît tout le monde, elle est rapide, intelligente. Sincèrement Lukas, tu devrais penser à elle. Je comprends pourquoi ta mère veut que tu l'épouses !

— Non, répondit-il fermement. Hors de question.

Holly laissa échapper un soupir.

— Eh bien, il faudra que tu trouves quelqu'un d'autre, il ne reste plus beaucoup de temps avant mon départ.

Elle parlait encore de partir… Elle avait épinglé son itinéraire au mur et gardait sur son bureau les informations officielles envoyées par le Corps de la Paix.

— Heureusement que je n'ai pas peur des piqûres, avait-elle lancé joyeusement, avant d'aller effectuer ses vaccins.

Lukas n'aimait pas qu'elle lui parle de ses préparatifs et encore moins qu'elle lui demande des conseils.

Il resta muet, pour ne pas lui dire de rester, pour faire taire cette voix intérieure qui voulait lui hurler de ne pas partir dans le Pacifique sud… S'il le lui demandait, qu'arriverait-il ? Par crainte de la réponse, il préférait garder le silence.

Au lit, ils allaient toujours droit au but et ne perdaient pas de temps à discuter. Ils faisaient l'amour et n'avaient besoin de rien d'autre. Dans ce domaine aussi, Holly dépassait toutes ses attentes. Elle était désireuse d'apprendre, inventive, surprenante… Et le comblait chaque fois.

Durant la journée, tandis qu'il passait en revue les candidatures pour les bourses, il se prenait à rêver. Son cœur s'accélérait lorsqu'il la voyait travailler, concentrée, mordillant machinalement le bout de son crayon ou se léchant la lèvre inférieure en s'appliquant à une tâche difficile. Son esprit ne voyait plus que ses lèvres, sa langue, ce corps tout entier qui le fascinait tant… et qu'il retrouvait chaque soir.

Elle l'obsédait et il ne le lui cachait pas.

Alors qu'il revenait tout juste d'une réunion au Plaza et s'était arrêté au bureau, il la trouva assise par terre, les jambes croisées, suçotant son stylo tout en lisant.

Holly leva les yeux vers lui et, en souriant, fit courir

son stylo sur sa lèvre inférieure, venant taquiner le bout du capuchon avec sa langue.

Lukas sentit le sang affluer vers son bas-ventre. La vision de Holly lui mettait en tête des idées pour le moins inappropriées sur un lieu de travail… Mais il parvint à se reprendre.

— Arrête ce petit jeu.

— Quel jeu ? demanda-t-elle avec un regard innocent, avant de lui adresser un sourire angélique.

— Tu sais très bien de quoi je parle. Tu veux que je te fasse l'amour sur le bureau ?

Holly inclina la tête, un sourire tentateur aux lèvres.

— C'est une menace ou une promesse ?

Holly ne s'était jamais considérée comme une femme très aventurière. Elle n'aurait jamais imaginé faire l'amour avec Lukas sur son bureau, au beau milieu de l'après-midi. Mais il parvenait à faire resurgir ses désirs les plus secrets, et lorsqu'il commençait son jeu de séduction, il était impossible d'y résister.

Après tout, pourquoi se refréner ? Ils étaient deux adultes consentants et se connaissaient par cœur, assez en tout cas pour savoir quand et comment exciter l'autre. Si Lukas avait le droit de se tenir dans l'encadrement de la porte, les mains dans les poches, beau comme un astre, le regard plein de désir, ne se devait-elle pas de le provoquer, de rentrer dans ce jeu de séduction ?

— Si tu continues à me regarder comme ça, c'est une promesse que je tiendrai.

Lukas avança et ferma à clé derrière lui.

Holly sentit le désir s'emparer d'elle alors qu'il avançait, décidé, en direction du bureau. Elle se leva et le suivit.

Faire l'amour avec Lukas était merveilleux, excitant et libérateur. Avec Matt, l'amour était calme et responsable.

Avec Lukas, Holly passait de la tendresse à la violence, de la passion à la douceur. Avec lui, tout fonctionnait comme si un nouveau monde s'ouvrait à elle.

Sa liaison avec Lukas la comblait…

Une fois rassasiée, elle se blottit contre lui, et ils écoutèrent tous deux leurs cœurs retrouver un rythme normal. Elle le regarda et leva la main pour tracer du doigt les lignes de son visage.

Elle voulait… Non. Elle ne voulait rien.

Elle ne se laisserait pas aller. Elle ne le pouvait pas. Parfois, elle se surprenait pourtant à rêver et à espérer alors que cela lui était interdit. Il s'agissait de Lukas, elle ne devait surtout pas l'oublier. Il était instable et ne savait pas se poser, et jamais il ne s'engagerait sur le long terme.

Même si elle restait à New York, il finirait par se lasser d'elle. Il fallait qu'elle parte avant qu'il décide de la quitter.

— Souviens-t'en, murmura Holly, et elle se cala confortablement contre l'épaule de Lukas, posant une main sur son torse musclé.

Il baissa les yeux sur elle.

— Je dois me souvenir de quoi ?

Sa voix était douce et son souffle balayait sa joue.

Holly hésita, avant de poser un baiser délicat sur sa joue. Sa main glissa, quittant son torse pour venir caresser son nombril, avant de descendre encore plus bas. Elle prendrait la jouissance et le bonheur là où ils étaient, ici et maintenant.

Sans rien demander de plus.

9.

Le soir de l'inauguration de la galerie arriva. En voyant Holly accueillir les invités, souriante, et toujours prête à chanter les louanges de tel ou tel artiste, Lukas ne put s'empêcher de sourire : sans elle, rien n'aurait été possible.

Elle avait pris le temps de connaître tous les artistes personnellement et de se plonger entièrement dans leur univers.

— Elle est fantastique, murmura Tallie à l'oreille de Lukas.

Invitée avec Elias au vernissage de la galerie, elle suivait des yeux Holly qui présentait au maire Charlotte, artiste particulièrement timide qui s'était épanouie grâce à elle.

— Tu as fait le bon choix, reprit la belle-sœur de Lukas.

— Il faut croire…

Il s'appuya au mur, heureux de voir Holly évoluer à son aise parmi les convives. Il aurait dû lui aussi se mêler à la foule, séduire les journalistes, faire des mondanités avec les personnalités influentes… Mais il avait envie de rester en retrait, d'observer et de s'autoriser à rêver.

Il ne lui était pas trop difficile de s'imaginer recommencer ce genre d'opération avec Holly, de travailler main dans la main avec elle, pour toujours…

Comment cela, pour toujours ? A quoi pensait-il ? A la demander en mariage ?

Normalement, à la simple mention du mot « mariage » ses entrailles se nouaient. Mais pas cette fois…

Quand Tallie lui parlait d'épouser Grace, il paniquait.

C'était pour lui comme se passer la corde au cou. Grace était pourtant une femme formidable, intelligente et très belle. Mais il ne se voyait pas passer toute sa vie avec elle, ni avec aucune de celles qu'il avait déjà rencontrées. Ce n'était pas l'institution du mariage qu'il désapprouvait. Chez les Antonides, les hommes se mariaient.

Mais lui, à l'âge de trente-deux ans, n'avait toujours pas trouvé l'élue de son cœur et il se demandait parfois s'il n'était pas l'exception qui confirmait la règle familiale.

Holly venait de laisser Charlotte en tête à tête avec le maire et scrutait la pièce du regard, cherchant où elle pourrait se rendre utile. Elle aperçut Lukas et quand leurs yeux se rencontrèrent, elle sourit.

Non, jamais Lukas n'avait eu envie de proposer le mariage à qui que ce soit.

Jusqu'à ce soir.

En décembre, quand elle avait accepté ce contrat de deux ans dans le Corps de la Paix, Holly s'était mise à compter les jours qui la séparaient du début de sa formation. Elle rayait avec enthousiasme les semaines écoulées.

Quinze jours plus tôt, elle avait arrêté de compter. Et elle ne s'en était même pas rendu compte jusqu'à ce que, quelques jours après l'ouverture de la galerie, Lukas ait quitté le lit à l'aube pour aider Elias qui livrait un bateau à un client. Depuis qu'elle avait emménagé ici, elle ne se réveillait jamais sans Lukas à côté d'elle. Refusant de s'attarder sur le manque qu'elle ressentait, elle se dépêcha de se lever et d'aller prendre une douche.

Devant son bol de céréales, elle aperçut le calendrier et se rendit compte qu'elle avait arrêté de barrer les semaines. Le dernier jour rayé était celui de son déménagement.

Celui où son aventure avec Lukas avait commencé…

Une aventure. Cela signifiait une relation temporaire, sans

signification profonde, une histoire qu'on pouvait balayer d'un revers de la main. Mais l'attraction qui s'exerçait entre eux était bien plus tenace que ça. Elle avait cédé aux avances de Lukas et découvrait qui il était véritablement : un homme sexy, talentueux, énergique, ayant un grand nombre de qualités. Mais elle savait aussi qu'il était impulsif, inconstant et égoïste…

En emménageant chez lui, elle était persuadée qu'au bout d'un moment, elle se lasserait et que partir serait un soulagement pour elle.

Mais elle s'apercevait qu'il n'en était rien. Elle vivait intensément l'instant présent et c'était merveilleux. Pourtant, elle sentait grandir en elle la crainte d'avoir fait une erreur. N'avait-elle pas joué avec le feu en s'abandonnant aux bras de Lukas ? N'allait-elle pas tomber amoureuse de lui ?

Non, c'était impossible ! Elle ne s'y autoriserait pas !

C'était seulement parce qu'elle se retrouvait seule qu'elle se mettait à voir les choses en noir. Quand Lukas était avec elle, tout allait si vite qu'elle n'avait pas le temps de réfléchir. Aujourd'hui, il allait mettre un bateau à l'eau avec Elias et rendre visite à sa famille qui habitait toujours la grande maison au bord de la mer où il avait grandi. Il lui avait proposé de l'accompagner.

— Tu en profiterais pour voir ta mère, avait-il dit.

— Et lui dire que j'habite avec toi ?

Holly ne lui avait même pas encore avoué qu'elle avait vendu son appartement ! Expliquer pourquoi elle avait emménagé avec Lukas lui paraissait au-dessus de ses forces. Elle savait ce qu'en penserait sa mère : qu'elle finirait le cœur en miettes.

— Nous n'habitons pas ensemble, avait objecté Lukas. Tu as ton espace à toi et j'ai le mien…

— Qui sont souvent les mêmes ! Mais je ne suis pas obligée de partager toutes tes activités. J'ai un travail qui m'attend, figure-toi. Vas-y sans moi.

— Mais je ne t'ai jamais emmenée en bateau…

— Ce sera pour une prochaine fois.

— Promis ?

— Bien sûr, tant que c'est avant le 1er août. Profite bien de la traversée avec Elias, va voir tes parents et ne t'inquiète pas pour moi.

Mais c'était elle qui, soudain, se faisait du souci. Le stress de l'inauguration de la galerie était passé et elle avait le temps de réfléchir… Lukas n'était pas là à la taquiner, à l'embrasser, mais il demeurait présent dans son esprit à chaque minute.

Elle se rendit à la galerie pour aider Charlotte à accrocher une nouvelle toile, ce qui lui rappela Lukas perché sur une échelle en train de faire la même chose, concentré pour savoir si le tableau était bien droit. Quand elle revint à son bureau, la vision de Lukas en costume-cravate pour l'inauguration de la galerie s'imposa à elle. Il avait tant d'allure… Cette nuit-là, un autre souvenir de lui lui était revenu : Lukas, se penchant pour écouter sa grand-mère qui lui faisait la leçon. Puis l'embrassant tendrement.

Il était si bon avec sa famille, songea-t-elle, les larmes aux yeux. Même avec Martha qui lui donnait pourtant du fil à retordre. Il adorait tant ses neveux et nièces… Elle se le remémora, soulevant la petite sur ses épaules pour qu'elle puisse jouer à la grande.

Holly s'assit devant son ordinateur pour écrire un article qu'elle enverrait à la presse. La dernière fois qu'elle avait fait cela, Lukas l'avait prise dans ses bras et emmenée au lit… Fermant les yeux, elle le revit penché sur elle, nu, ses paupières à demi fermées laissant filtrer une lueur de désir.

— Ah ! te voilà !

Holly se leva d'un bond tandis qu'Althea s'avançait vers elle, chargée de paquets et un grand sourire aux lèvres.

— Regarde ce qu'on a trouvé !

Holly craignait le pire. Quelle création bizarre lui avaient-ils dénichée ?

— Oh ! super…

— Aie un peu confiance ! rétorqua Althea. Tu vas adorer ta tenue de demoiselle d'honneur, parole de Stig. Il espère seulement que tu ne me feras pas d'ombre.

— Aucune chance, tu as toujours été une mariée magnifique.

Althea se mit à rire.

— Question d'habitude… Je file, j'ai rendez-vous chez le coiffeur. Essaye la robe et dis-moi si elle te va.

Elle disparut aussi vite qu'elle était arrivée. Le sac resta posé sur la chaise tout l'après-midi : Holly faisait de son mieux pour l'oublier. Quand elle le ramena chez elle, elle n'était toujours pas décidée à l'ouvrir. Elle savait que la vue de cette tenue allait la déprimer. A moins que ce ne soit l'absence de Lukas qui lui minait le moral ? Elle pouvait toujours aller dormir dans sa chambre à lui, son lit avait sûrement gardé son odeur…

Eh bien ! Il était temps que le mois d'août arrive pour mettre un terme à tout ce sentimentalisme… Pourtant, la pensée de s'exiler ne l'enchantait plus comme avant.

Troublée, incapable de se mettre au travail, elle alla prendre une douche. A son grand regret, cela ressuscita d'autres souvenirs de Lukas. Allait-elle finir par réussir à passer ne serait-ce que dix minutes sans penser à lui ? Hier encore ils s'étaient douchés ensemble. Elle lui avait frotté le dos puis ses mains savonneuses avaient glissé jusqu'à son ventre, avant d'atteindre l'objet de son désir… Son corps réagit à l'évocation de sa chair lisse, du durcissement sous sa paume et de ce qui s'en était suivi.

Elle coupa l'eau d'un coup et sortit de la douche.

Elle venait d'enfiler un T-shirt et un short lorsque son regard tomba sur le sac d'Althea. Il fallait bien qu'elle essaye cette fichue robe au cas où il faudrait la retoucher. C'était déjà assez pénible de porter une tenue qui vous donnait l'allure d'un chou à la crème, si en plus la robe ne lui allait pas… Elle ouvrit donc le sac et en resta bouche bée.

La robe était rouge carmin. Pas l'ombre d'une dentelle ou d'un ruban en vue. D'ailleurs, pour être honnête, il y avait très peu de tissu… La robe était très sobre, élégante et sexy. Tout excitée, Holly l'essaya et virevolta devant le miroir pour se voir sous toutes les coutures. Elle avait du mal à en croire ses yeux… La robe lui allait à la perfection, épousant ses courbes sans la comprimer. Le décolleté en V mettait parfaitement ses seins en valeur, accentuant leur ferme rondeur sous l'étoffe de soie. Juste au-dessus du genou, le rebord de la jupe ondulait. C'était… parfait.

— Est-ce que je peux te l'arracher ?

Holly sursauta. Lukas se tenait dans l'embrasure de la porte et l'avait arrachée à sa contemplation.

— Tu es rentré ? Il est presque 1 heure du matin…

— Tu me manquais trop, fit-il d'une voix sourde, accentuant le trouble de Holly. C'est ta robe de demoiselle d'honneur ? Je croyais qu'elle devait te faire ressembler à un chou à la crème…

— Je me suis trompée, admit Holly.

Il vint l'embrasser dans le cou et elle s'écria :

— Attention ! Althea me tuera si j'abîme cette robe.

— Si tu ne veux pas que je m'approche, porte des tenues moins sexy, répliqua-t-il avant de poser un baiser sur sa nuque.

Il fit glisser la robe de ses épaules, laissant Holly presque nue.

La respiration de Lukas se fit plus intense et Holly sentit ses jambes se dérober sous elle. Elle ramassa rapidement la robe et la suspendit à un cintre d'une main tremblante.

— Attention, c'est toi qui vas l'abîmer, fit Lukas avec un sourire amusé, lui prenant le cintre des mains pour l'accrocher dans la garde-robe. Figure-toi que je suis revenu le plus tôt possible mais tu n'étais pas dans mon lit.

— Pourquoi y aurais-je dormi si tu n'y étais pas ?

Lukas la prit dans ses bras.

— Pas de souci, il y a un lit ici aussi, fit-il en la portant jusqu'à la chambre.

Holly vivait au jour le jour. Elle accepta d'aller passer la fête de l'Indépendance dans la famille de Lukas, joua avec ses neveux et nièces, bavarda avec ses frère et sœurs et sourit devant le regard d'approbation que lui jetait la grand-mère de Lukas. Visiblement, la vieille dame se doutait qu'il y avait plus entre eux que ce qu'on lui avait dit.

Mais ce n'était pas à elle de protéger la famille de Lukas des interprétations erronées, songea Holly. Il n'avait qu'à leur expliquer la situation.

— Je n'aime pas mentir à ta famille, fit-elle alors qu'ils regagnaient la ville. Ils nous croient ensemble…

— Il ne tient qu'à toi que nous le soyons vraiment…

Elle refusa la tentation : il ne pensait pas ce qu'il disait, puisqu'il ne l'aimait pas et n'avait aucune intention de l'épouser. Et même s'il y songeait…

Oh ! Il était dangereux de nourrir de telles pensées, se dit Holly. Il fallait se contenter de vivre dans l'instant présent. Ils sortirent durant le week-end, et Lukas l'emmena camper et faire du kayak. C'était très différent de ses excursions avec Matt : Lukas était plus spontané et il la surprit en écoutant ses suggestions. Ils parvinrent même à parler de Matt, plus facilement qu'elle ne l'aurait cru.

Le week-end suivant, ce fut elle qui invita les neveux et nièces de Lukas à passer la nuit avec eux.

— C'est avec toi que je passe mes nuits, protesta Lukas.

— Ça changera un peu ! Tu en seras ravi et puis, cela laissera à Elias et Tallie un peu de temps pour respirer…

Digger, l'aîné, apprécia tellement son week-end qu'il quitta Lukas en lui disant, tout en désignant Holly :

— On devrait la garder.

— Je retiens la suggestion, fit Lukas suffisamment fort pour être entendu.

Holly feignit de ne pas avoir compris. Plus le temps passait et plus cette situation ambiguë était difficile à vivre…

Elle n'avait aucune idée de ce que pensait véritablement Lukas. Il était généralement tout sourire, charmeur et d'une conversation agréable. Mais parfois, il semblait s'éloigner, soudain distrait par des pensées qu'il gardait pour lui. Quand ils faisaient l'amour, il pouvait se montrer tendre et doux, ou bien passionné et intense. Peut-être qu'il se lassait d'elle et ne savait pas comment le lui annoncer… Peut-être tentait-il de retrouver l'enthousiasme de leurs premiers moments… Elle n'en savait rien et n'osait demander.

Quand le mois d'août arriverait, cela la soulagerait de toutes ces incertitudes. Leur aventure se terminerait de fait et chacun suivrait son propre chemin.

Holly savait que Lukas ne pourrait pas l'accompagner au mariage d'Althea. Ce jour-là était aussi celui de l'attribution des bourses MacClintock à laquelle il se devait d'assister.

Elle fut donc surprise de le voir sortir de leur chambre tout en terminant de faire son nœud de cravate.

— Garde-moi une danse !

— Je croyais que tu n'aurais pas le temps de venir à la réception…

Il enfila son pardessus et lui jeta un regard malicieux.

— Je me débrouillerai.

Il aurait tant de choses à faire qu'il lui serait impossible de venir, pensa Holly. Il y aurait la remise des prix de la fondation, les discussions avec les gagnants, avec le maire, et puis la réception… Et c'était très bien ainsi. Car il ne restait que quelques jours avant qu'elle parte, et elle devait le sortir de son esprit.

Le mariage d'Althea était l'occasion rêvée pour passer à autre chose : elle n'aurait pas une seconde pour penser à Lukas, occupée qu'elle serait par son rôle de demoiselle d'honneur.

Elle se rendit à l'hôtel où tous les invités se changeaient et fut surprise d'y trouver coiffeur et maquilleur.

Devant son air interloqué, Althea déclara :

— Stig est un garçon célèbre, toute la presse sera là. Je ne veux pas lui faire honte…

— C'est impossible, tu es bien trop belle pour cela, la rassura Holly.

Où Althea trouvait-elle le courage de tenter encore la grande aventure du mariage ? se demanda Holly tandis que le coiffeur s'approchait d'elle. Sans doute grâce à Stig. Quand elle vit son regard au moment où sa future femme le rejoignait dans l'église, elle sut qu'Althea ne se trompait pas. Cette fois, c'était la bonne.

Au cours de la soirée, elle eut maintes fois l'occasion de voir leurs yeux illuminés de bonheur et de constater qu'ils étaient véritablement aux anges. Elle partageait cette joie du fond du cœur. C'était ainsi que tous les mariages auraient dû se dérouler. Pour une fois, elle ne compara pas leur cérémonie à la sienne. En fait, elle ne pensa pratiquement pas à son propre mariage.

— Danse avec moi.

Sidérée, Holly se retourna : Lukas se tenait derrière elle, l'air énervé.

— Qu'est-ce qui ne va pas ?

— Tout va bien.

— Mais ta cérémonie de remise des bourses, le maire…

— Oh ! Il a entrepris de charmer l'assistance qui est assez nombreuse pour assurer sa réélection, ironisa Lukas en lui tendant la main. Viens danser…

Une dernière danse. Un dernier souvenir à chérir, songea-t-elle en le rejoignant alors que l'orchestre attaquait un slow. Lukas la prit dans ses bras, le seul endroit où elle se sentait bien. Elle se laissa emporter par la musique et s'abandonna à lui.

C'était bon et salutaire de danser avec Lukas. Elle en tirait de la force, cela la nourrissait. Le sevrage prévu commençait mal… Mais l'homme était irrésistible.

Quand la danse prit fin, Lukas murmura :

— Filons d'ici.

— Je suis la demoiselle d'honneur, ne l'oublie pas !

— Seigneur, fit-il impatiemment, ils sont mariés, ta mission est terminée !

Il la guida jusqu'aux parents d'Althea — et de Matt — qui bavardaient avec les jeunes mariés.

— Dis-leur au revoir, lui murmura Lukas.

Avant que Holly ait pu ouvrir la bouche, Joe, le père de Matt, accueillit Lukas d'une ferme poignée de main et Laura, son épouse, le serra dans ses bras.

— Tu nous as manqué, Lukas, murmura-t-elle. Ça fait du bien de te revoir. Passe à la maison…

— Promis, fit Lukas d'une voix rauque qui attestait de sa sincérité. Très bientôt. Nous partons, à présent…

Quatre paires d'yeux étonnés — celles de Stig, Althea, Joe et Laura — passèrent de Lukas à Holly. Althea fut la première à se reprendre :

— Bien sûr, ma chérie, vas-y, fit-elle avec toute la chaleur dont elle était capable.

— Mais tu as peut-être encore besoin de moi…

— J'espère que je suis celui dont elle a besoin, dorénavant, intervint Stig avec un clin d'œil appuyé avant de se tourner vers Lukas : Chouette robe, non ?

— Superbe, acquiesça Lukas en passant un bras possessif autour des épaules de Holly.

« Et j'ai terriblement hâte de l'en débarrasser… » Holly entendit ces mots comme s'il les avait prononcés tout haut et elle aurait juré qu'il en allait de même pour Stig !

— Allez, file, murmura Althea, maîtrisant son étonnement. Je t'appellerai au retour de notre lune de miel.

Holly s'exécuta. Althea était une grande fille, elle gérerait la fin de sa soirée de mariage…

Lukas avait pris sa Porsche. Il l'y fit s'asseoir puis se dirigea côté conducteur. Quand il s'assit à côté d'elle, Holly sentit un malaise s'installer entre eux. Elle lui jeta un regard, espérant le voir sourire, mais il était retombé dans son humeur songeuse et il démarra sans dire un mot.

Il pouvait se montrer charmant et de très bonne compagnie, mais ce soir, mâchoires serrées, il se concentrait sur sa conduite, visiblement préoccupé.

Holly resta discrète mais au bout d'un moment, n'y tenant plus, elle lui demanda :

— Qu'est-ce qui ne va pas, Lukas ?

— N'en parlons pas maintenant, veux-tu ?

Cette ambiance était trop pesante et elle insista. Elle devait savoir.

— Dis-moi ce qui se passe.

— Pour l'instant, je conduis.

— Depuis quand es-tu incapable de conduire et de parler en même temps ?

La mâchoire de Lukas se crispa.

— Je peux difficilement conduire et te demander en mariage en même temps !

— Comment ?

— Oh ! ça va, tu as très bien entendu !

Elle n'en était pas si sûre. Lukas était en train de lui proposer… le mariage ? Les mots lui manquèrent pour répondre.

— Est-ce que ce serait si terrible ? N'avons-nous pas passé un excellent mois ensemble ? reprit-il, lui lançant un regard froid.

— Si, fit-elle faiblement, mais…

— Mais quoi ?

— Ce n'était qu'une… passade.

Prononcer ce mot minimisait totalement ce qu'ils venaient de vivre, comme si rien n'avait eu d'importance… Ce qui n'était pas le cas, bien sûr. Et pourtant…

— Une passade ? cracha Lukas avec mépris. Rien d'autre ?

— Comme pour toi, rétorqua Holly.

— Tu es bien plus que cela, voyons ! Tu ne pouvais pas attendre qu'on soit rentrés, il fallait qu'on parle de ça ici, maintenant ?

Il appuya sur l'accélérateur, et ils ne prononcèrent plus une parole jusqu'à ce qu'ils atteignent l'appartement de Holly. Elle allait lui souhaiter bonne nuit mais il s'invita à entrer.

— Je t'aime, bon sang, fit-il d'une voix tremblante, la porte à peine refermée. Je veux t'épouser !

— « Je t'aime, bon sang » ? répéta Holly.

Il passa une main dans ses cheveux, fébrile.

— Tu sais ce que je veux dire. Ce n'est pas une passade, il s'agit de notre avenir ! Nous pouvons le passer ensemble et je sais que tu le veux tout comme moi, ajouta-t-il en la prenant dans ses bras. Tu m'aimes, toi aussi.

Holly ne nia pas. Elle ne pouvait s'opposer à lui, elle le désirait trop ! Et elle connaissait aussi trop bien l'étendue de sa propre folie. Elle s'était menti quand elle avait cru pouvoir partager la vie de Lukas quelques semaines avant de s'éloigner de lui, satisfaite et le cœur léger. Elle se pensait capable de contrôler ses émotions. Quelle erreur ! La souffrance serait au rendez-vous mais rester avec lui serait pire. Elle devait partir.

Mais pas tout de suite… Pas avec la chaleur de ses bras qui l'enveloppaient et ses mains qui la déshabillaient.

— Tu m'aimes, murmura Lukas à son oreille, et je t'aime.

Il la porta jusqu'à la chambre et l'étendit doucement sur le lit. Son souffle était tiède contre sa joue et Holly prit son visage entre les mains, caressant cette figure angélique, cherchant à mémoriser chaque sensation. Elle lui donna enfin un long et tendre baiser.

Lukas émit un gémissement de plaisir et commença à se déshabiller. Trop excité, il buta sur les boutons de sa chemise. Holly posa les mains sur les siennes.

— Laisse-moi faire. S'il te plaît.

— Vas-y.

Elle prit son temps pour dénouer sa cravate et défaire les boutons un à un, car ses mains étaient presque aussi tremblantes que celles de Lukas. Parsemant sa poitrine enfin nue de baisers, elle arriva au niveau de sa ceinture qu'elle défit. Puis elle s'aventura à le caresser.

— Holly, fit-il d'un ton d'avertissement.

Elle aurait voulu faire durer les préliminaires, l'amener à s'abandonner comme cette nuit-là, tant d'années plus tôt. Mais Lukas n'en avait pas la patience et il se débarrassa de son pantalon sans attendre.

Puis il entra en elle et ils ne firent plus qu'un.

L'espace d'un instant il resta figé, plongeant son regard sombre dans le sien.

— Je t'aime, Holly. Je t'ai toujours aimée.

Sa voix était rauque, comme si les mots provenaient du plus profond de son être.

Il se mit à bouger en elle, lentement, comme s'il voulait la pénétrer jusqu'à l'âme. Si elle le laissait faire, il y parviendrait, Holly le savait bien, et un sanglot lui monta à la gorge. Elle épousa son rythme, le serrant désespérément entre ses bras alors qu'il les entraînait au bord de l'orgasme.

Elle cria son nom.

Une fois le pic du plaisir atteint, il s'affaissa à côté d'elle, le corps luisant de sueur, le cœur battant si fort qu'elle pouvait l'entendre. Puis il releva la tête pour la regarder, un demi-sourire aux lèvres.

— Donc, tu crois qu'on peut lutter contre ça ?

Holly n'avait pas la force d'argumenter. Elle n'aurait

pas pu prononcer le moindre mot ! Elle se contenta de le regarder, de fixer ses traits dans sa mémoire. Puis elle ferma les yeux et se pressa contre lui.

Le soleil était déjà haut quand Lukas s'éveilla. Il sut tout de suite où il se trouvait : dans le lit de Holly. Il se rappela la passion, l'intensité de l'amour partagé. En souriant, il se souvint qu'elle avait simplement fermé les yeux après avoir joui, pour plonger dans le plus profond des sommeils. Il était resté immobile, savourant le contact de son corps endormi et détendu contre le sien.

Il soupira, s'étira et la chercha à côté de lui.

Il était seul.

10.

Elle était dans la cuisine. Ou dans la salle de bains. Ou bien elle était partie travailler, c'était certain.

Comme un fou, Lukas bondit hors du lit puis, une fois debout, il se raisonna : la panique qui l'avait envahi en ne la trouvant pas à côté de lui n'était que le résultat de son imagination.

Holly ne l'avait pas quitté. Pourquoi aurait-elle fait cela ?

Mais il ne s'était pas trompé, comprit-il en trouvant le mot laissé à son intention sur la table de la cuisine. Il s'en saisit d'une main tremblante.

Lukas, merci pour tout. Il valait mieux que je ne te revoie pas avant de partir. Un déménageur viendra prendre mes affaires et les entreposera dans un garde-meubles, comme ça, cela ne t'encombrera pas. Je manque de mots pour te dire à quel point j'apprécie tout ce que tu as fait pour moi.

PS : N'oublie pas que les jeunes de St Brendan auront encore besoin de toi.

Merci,

Holly.

Lukas froissa la lettre. Ses yeux le brûlaient. Sa gorge ne laissait plus passer l'air.

Il s'était donc trompé du tout au tout. Finalement, elle ne l'aimait pas.

Ce fut le premier jour du reste de sa vie. Holly avait beau faire tous les efforts imaginables, il lui semblait impossible de surmonter cette épreuve. Elle avait passé toute la semaine chez sa mère à Long Island en espérant que les kilomètres qui la séparaient de Lukas pourraient atténuer ce sentiment qui l'étreignait si violemment.

Elle avait eu raison d'agir ainsi, se répétait-elle inlassablement. Cela facilitait les choses : Lukas avait beau répéter qu'il voulait l'épouser, elle savait bien qu'il ne pensait pas vraiment ce qu'il disait. Il était capable de trouver tellement mieux ! Grace Marchand, par exemple, remarquable, élégante, sophistiquée... S'il ne désirait pas épouser une perle comme Grace, pourquoi voudrait-il de quelqu'un comme elle ? A force de chercher à se convaincre, Holly y était parvenue et, à la fin du séjour chez sa mère, elle y croyait presque.

Sa mère, en revanche, ne semblait pas convaincue et ne cessait de lui jeter des regards inquiets.

— Tu es sûre que tout va bien, ma chérie ?

— Oui, ne t'inquiète pas, affirmait Holly.

— C'est que tu n'as pas l'air très heureuse de partir...

— Mais si ! prétendait Holly. Aider, apporter ma petite pierre à l'édifice... C'est ma conception du bonheur.

Elle serait heureuse... un jour. Et ce serait un soulagement pour elle de commencer le stage à Hawaii. C'était ce qu'il lui fallait : un nouveau défi à relever pour se sentir utile... et se vider la tête.

A Hawaii, elle trouva le soleil pour se dorer la peau, de douces brises venues de la mer pour la rafraîchir... Le stage était exigeant et lui demandait beaucoup d'efforts. Il aurait pu lui faire oublier la galerie et tout ce qui lui était rattaché... Mais on n'effaçait pas Lukas comme ça. Son souvenir était bien trop tenace.

Elle se présentait à chaque conférence, écoutait tout très sérieusement mais, au bout du compte, il n'y avait que Lukas qui occupait réellement son esprit. Si elle allait en cours pour apprendre la langue pratiquée sur l'île, elle se rappelait la nuit du bal de fin d'année, quand Lukas lui avait avoué qu'il aimait le latin. Elle savait même qu'il avait traduit de vieux textes, consacrant, après d'épuisantes journées dans la mine d'opales, ses soirées à Virgile ou à Cicéron…

« Pour garder la forme, intellectuellement parlant, avait-il précisé. Le latin me stimule… »

Mais apprendre une langue ne la stimulait pas, elle… Il n'y avait qu'une langue qui l'intéressait, celle de Lukas, bien sûr, et elle ne pouvait pas la trouver sur cette île…

Chaque soir, le repas se composait de mets traditionnellement consommés dans le Pacifique. Les stagiaires les cuisinaient eux-mêmes pour assimiler les coutumes locales. C'était intéressant, et Holly aimait découvrir de nouvelles recettes, mais cela ne l'excitait pas autant que lorsqu'elle regardait Lukas préparer un repas…

Elle salivait quand elle repensait à ses spaghettis… Il réussissait particulièrement les recettes qu'il tenait de sa grand-mère. Et il lui avait fait goûter à toutes ces merveilles.

« Tu vois, tu ne seras pas toujours seule à faire la cuisine, avait-il dit. Je sais me débrouiller. Mais nous pourrons aussi préparer des plats ensemble. Comme ça, en attendant que l'eau arrive à ébullition… »

Il n'avait pas fini sa phrase et, avec un de ces sourires en coin dont il avait le secret, il s'était penché pour l'embrasser.

Au moindre prétexte, ses lèvres se posaient sur les siennes et elle pouvait glisser les doigts dans ses cheveux, caresser ses joues mal rasées… Le plus frustrant, c'était de se rappeler à quel point il était doué pour la toucher. Il cherchait toujours à lui donner du plaisir, quitte à faire passer son propre désir au second plan. Mais parfois, il lâchait prise et la laissait parcourir son corps à lui pour voir, à son tour, comment elle allait parvenir à décupler son plaisir.

N'y pense plus, oublie-le ! se répétait-elle inlassablement.

Mais elle n'y arrivait pas. Et peu à peu, la crainte de ne jamais parvenir à oublier les jours extraordinaires qu'elle avait passés avec lui s'était insinuée en elle.

Elle suivait scrupuleusement le programme du stage, acquérait de nouvelles compétences et tentait de combler le vide de son cœur avec les préparatifs de sa nouvelle vie.

Le soir, alors que les autres stagiaires allaient boire un verre en parlant d'avenir, Holly marchait sur la plage, seule.

L'automne précédent, alors qu'elle cherchait encore à redéfinir sa vie après la mort de Matt, servir dans le Corps de la Paix lui avait paru être une idée brillante. Ce projet lui offrait tout ce dont elle avait besoin : un challenge, l'opportunité d'aider les autres tout en traçant les contours de ce que serait dorénavant sa vie… Enfin, c'est ce qu'elle avait pensé à l'époque…

Mais aujourd'hui, tout avait changé.

Parce qu'aujourd'hui, elle était amoureuse de Lukas Antonides. Et toutes les conférences, toutes les leçons de cuisine et tous les cours de langue qu'elle pourrait suivre seraient incapables de combler le gouffre qu'elle avait ouvert sous ses pas en quittant l'homme qu'elle aimait.

Ce n'était pas la même chose qu'à la mort de Matt. La disparition de son époux avait irrévocablement mis fin à la vie qu'elle connaissait alors. Elle avait dû s'habituer au fait qu'aucun retour en arrière n'était possible et apprendre à avancer malgré tout.

Mais Lukas, lui, n'était pas mort. Il ne l'avait pas quittée.

C'était elle qui était partie.

Il lui avait dit qu'il l'aimait, qu'il l'avait toujours aimée. Les mots résonnèrent dans sa mémoire alors qu'elle regardait le soleil se coucher sur la mer. Lukas lui avait même demandé de l'épouser… et elle avait pris peur.

Holly n'était pas très sûre du moment où elle en avait pris conscience. Oui, Lukas l'aimait, ça ne faisait aucun doute.

C'était elle qui craignait de s'ouvrir à lui, de lui offrir son cœur au risque de souffrir.

Mais il était trop tard pour se protéger, puisqu'elle avait déjà succombé…

Charlotte tourna lentement sur elle-même, découvrant le quatrième étage de l'immeuble que rénovait Lukas.

— C'est vraiment spacieux ici…

Lukas était en train d'abattre un mur à coups de masse et se contenta de grommeler sans s'interrompre. La masse s'abattait rageusement sur les parois, et Lukas devait se freiner pour ne pas pousser les démolitions plus loin que ce qu'Alex avait conseillé. Mais après tout, s'il voulait raser tous les murs, il était chez lui, non ? Et puis l'exercice lui faisait du bien. Se dépenser ainsi l'empêchait de devenir fou. Il avait envisagé de repartir en Australie. Les mines d'opales n'attendaient que lui… Mais c'était son engagement auprès des artistes qui l'avait poussé à rester. Personne ne pourrait le traiter de lâcheur.

Charlotte s'approcha de lui et l'observa d'un air inquiet.

— Vous êtes sûr que tout va bien, Lukas ?

— Très bien.

Tout le monde se faisait du souci pour lui. C'était très gentil, mais il n'était pas du genre à porter son cœur en écharpe, et cette sollicitude appuyée l'agaçait. Tout le monde savait bien qu'il souffrait depuis le départ de Holly. Tout le monde le plaignait. Mais il allait faire face. D'ailleurs, avait-il le choix ?

Un jour, sans doute, il parviendrait à l'oublier. Même s'il avait passé les deux tiers de sa vie à la désirer…

— On sort en ville pour manger une pizza, glissa Charlotte quand la masse de Lukas cessa son vacarme. Ça vous dirait de venir ?

— Non, déclara Lukas en secouant la tête, avant de se

rendre compte de son impolitesse. Non, merci. Je n'ai pas très faim.

Les éclats de ciment se remirent à jaillir sous ses coups et il passa un bras lourd sur son front en sueur.

— Mais il faut vous nourrir… Vous maigrissez à vue d'œil, protesta Charlotte en observant d'un air anxieux son torse dénudé.

— Je mange, pas de souci.

Tallie y veillait. Elle passait son temps à lui apporter des petits plats et à l'inviter à dîner. Depuis qu'Elias et elle avaient appris que Holly était partie, ils tournaient autour de lui comme des parents inquiets.

— Tallie m'a quitté, aussi, une fois, lui avait dit Elias. La retrouver m'a pris des mois…

— Oh ! Je sais très bien où se trouve Holly, avait répondu Lukas, le visage fermé.

— Alors va la chercher ! avait rétorqué son frère.

Lukas s'était contenté de secouer la tête. Comment expliquer à Elias qu'il ne serait pas le bienvenu auprès de Holly, qu'elle ne voulait pas de lui, ne l'aimait pas et considérait leur histoire comme une aventure sans importance ?

— Si on peut faire quoi que ce soit, avait proposé Tallie, n'hésite pas. Si tu veux parler…

Il n'en voyait pas l'utilité et, d'ailleurs, pour la première fois de sa vie, il n'avait absolument rien à dire. A personne.

Il évitait tout le monde : sa famille, Sera qui s'inquiétait de le trouver si souvent en train de fixer les murs de son bureau d'un air absent, Charlotte et les autres artistes qui tentaient de trouver des solutions pour faire revenir Holly à son poste de gérante. Lukas ne tenait pas à leur expliquer que ce n'était pas la galerie qu'elle avait fui, mais bien lui…

Sa gorge se serra. Ce n'était pas à force de broyer du noir mais à cause de la poussière que dégageaient ses travaux, c'était certain.

Soudain, son portable se mit à vibrer dans sa poche.

Sûrement Tallie qui veut m'inviter à dîner, pensa-t-il. Non, cette fois, il n'irait pas. Trop, c'était trop. Mais ce fut le nom de Sera qui s'afficha sur l'écran.

— Je vous croyais rentrée chez vous, fit-il en décrochant.

— J'allais partir quand un nouveau candidat s'est présenté pour une bourse MacClintock…

— On les a déjà décernées, c'est trop tard, grommela Lukas.

— C'est une candidature pour l'année prochaine…

— Eh bien, qu'il se présente à nouveau l'an prochain !

Sera se garda bien de répondre.

Lukas finit par soupirer :

— OK, dites-lui de venir, je le découragerai moi-même.

Il descendit de l'échelle sur laquelle il était perché et se retourna pour accueillir le nouvel arrivant.

Mais il s'agissait d'une nouvelle arrivante… Une femme mince et brune se découpait à contre-jour dans la lumière rasante de cette fin d'après-midi. Lukas se frotta les yeux alors que les battements de son cœur s'accéléraient. Ce n'était pas possible… Il s'agissait d'un mirage, il rêvait.

Mais la femme s'approcha.

— Holly ? fit-il en laissant tomber sa masse.

— Lukas…

— Holly, que fais-tu ici ?

Il l'avait saisie par le bras. Elle eut un petit sourire triste.

— Sera te l'a dit, je viens pour une bourse…

Lukas fronça les sourcils.

— De quoi parles-tu ? Il s'agit d'une bourse pour le Corps de la Paix ?

Il avait évité de la regarder, comme si le simple fait de la voir le faisait souffrir. Holly comprit : elle aurait voulu poser la main sur sa joue, puiser en lui la force dont elle avait besoin mais elle n'en avait pas le droit. Il fallait qu'elle affronte la difficulté seule.

— Non, je voudrais une bourse de courage…

— Pardon ?

Cette fois, le regard de Lukas était revenu sur elle, ébahi.

— J'ai besoin de courage. Je n'en ai pas, il faut donc que j'en emprunte… Pour te dire… que je t'aime aussi.

Une lueur d'espoir jaillit dans les yeux sombres de Lukas.

— Tu… Holly ?

Sa voix s'était brisée.

Holly s'humecta les lèvres.

— Je t'aime, Lukas. Je… je ne voulais pas. J'avais trop peur…

— Peur de quoi ? Jamais je ne te ferais de mal !

Il eut l'honnêteté de se reprendre et d'admettre avec franchise :

— Enfin, si, je t'ai fait mal, et plus d'une fois. Mais je te jure que cela n'arrivera plus. Jamais. Enfin… pas si je peux l'empêcher… Désolé, je ne suis pas très bon dans ce domaine…

Holly prit ses mains dans les siennes.

— Tu t'en sors très bien, au contraire. C'est moi qui n'ai pas su m'en sortir, qui ne t'ai pas fait confiance. Je me disais que tu étais incapable d'être sincère… Mais le problème venait de moi. Je n'ai pas voulu croire à tes promesses et je ne croyais pas non plus en moi. Je ne pensais pas pouvoir te rendre heureux, ni te garder.

— Pour l'amour du ciel, Holly, je suis à toi depuis que tu portais des nattes !

— A l'époque, tu passais ta vie à me les tirer ! fit-elle en riant à moitié.

— Parce que j'avais onze ans ! Le grand amour, on ne peut pas le comprendre à cet âge-là, alors je préférais t'embêter ! Mais je sais maintenant que je t'aimais déjà éperdument…

— Je t'aimais aussi… Enfin, je vous aimais tous les deux, Matt et toi, mais différemment. Vous étiez si opposés… Lui doux, fiable, constant, responsable…

— Et moi pas, admit Lukas en souriant.

— Tu… me faisais peur. Je ne savais jamais où j'en étais avec toi…

— Moi non plus. Et le temps que je comprenne, Matt avait déjà fait sa demande…

Holly hocha la tête et tous deux gardèrent le silence.

— Matt me protégeait, reprit enfin Holly.

— Je sais. De nous deux, c'était lui le meilleur.

— Non, aucun d'entre nous n'était parfait. Et tu avais sûrement raison de prétendre que nous étions trop jeunes pour nous engager à vie…

— C'est que je te voulais pour moi. Je ne voulais pas te faire de mal, cette fameuse nuit sur le bateau… Je voulais simplement que tu renonces à lui, pour me choisir moi. Mais grâce au ciel, tu n'en as rien fait. Je n'étais pas assez mûr pour le mariage à l'époque. Matt, lui, l'était.

— C'était d'un homme comme lui dont j'avais besoin à ce moment-là, reconnut Holly.

— Oui. Et maintenant…

Il la regardait droit dans les yeux et Holly lut dans son regard la demande implicite.

— Finalement, je n'aurai pas besoin de cette bourse… Tu m'as donné le courage dont j'avais besoin. Et je n'ai plus peur de t'aimer, seulement de te perdre.

— Non, je te promets…

Elle posa doucement le doigt sur sa bouche.

— Tu peux me promettre de m'aimer, Lukas, comme je le fais à présent. Pour le reste, la vie décidera… Donc, si l'offre est toujours valable, lui dit-elle avec un sourire un peu tremblant, je serais très heureuse de t'épouser, Lukas Antonides.

Il la prit dans ses bras et étouffa ses paroles d'un baiser qu'elle lui rendit avec ardeur.

— Tu es la meilleure chose qui me soit jamais arrivée, Holly, fit-il quand leurs lèvres se détachèrent. Je t'aime comme un fou… Et je t'ai couverte de poussière !

Leur étreinte avait été si passionnée que la poussière grise des travaux maculait à présent les cheveux et les épaules de Holly. Elle se mit à rire.

— Je ne sais pas si je vais m'en remettre… Que proposes-tu pour y remédier ?

— Une bonne douche…, répondit Lukas.

Une étincelle vint illuminer son regard qui, en l'espace de quelques minutes, avait retrouvé vie.

— Avec moi, bien sûr…

— Une douche ensemble ? Ça me semble être une excellente idée pour démarrer notre nouvelle vie…

Lukas éclata de rire et la souleva dans ses bras pour la porter jusqu'à la salle de bains.

Holly protesta en gigotant :

— Ah non ! ça, ce sera pour passer le seuil de notre maison après le mariage !

Lukas l'embrassa tendrement.

— Tant pis. Je ne crois pas que je puisse attendre…

Retrouvez prochainement, dans votre collection AZUR

Pacte scandaleux avec un Grec, de Caitlin Crews - N°4444

Molly le sait : Constantine Skalas lui voue une haine farouche depuis l'époque où, adolescents, ils vivaient sous le même toit bien malgré eux. Aussi est-elle choquée par la proposition scandaleuse qu'il lui fait aujourd'hui. Il sauvera sa mère de la faillite, si elle accepte en retour de devenir sa maîtresse ! Acculée, Molly finit par céder aux exigences de Constantine, avec la troublante impression de pactiser avec le diable…

L'épouse du roi disparu, de Maisey Yates - N°4445

Huit ans plus tôt, Agnès a juré allégeance à Lazarus. Sauvée d'une mort certaine par cet homme mystérieux et puissant, elle l'a suivi dans la forêt des Ombres, au cœur du royaume de Liri. Devenue son garde du corps, elle ne le quitte plus, tout en nourrissant en secret d'intenses sentiments pour lui. Mais, aujourd'hui que Lazarus s'apprête à revendiquer le trône de son pays auprès de son propre frère qui le détient, ce n'est pas d'une guerrière qu'il a besoin à ses côtés, mais plutôt d'une fiancée qui l'aidera dans cette quête. Or c'est ce rôle qu'à la grande stupeur d'Agnès il exige de la voir endosser…

La protection de ses bras, de Michelle Smart - N°4446

Cinq ans plus tôt, Elsa s'est invitée dans le lit de Santiago Rodriguez dont elle était follement amoureuse. Or il l'a aussitôt rejetée, lui brisant le cœur par la même occasion. Alors qu'elle espérait ne plus jamais revoir l'homme qui lui a causé cette cuisante humiliation, Elsa découvre que Santiago a été chargé d'assurer sa protection durant un voyage de Vienne à Valence. Un voyage sous le signe de la tentation, tant le désir qu'elle éprouve pour lui est resté vif !

Mariée à Julian Santigo, de Nina Singh - N°4447

Lorsque Julian Santigo offre à Cassie un emploi dans sa luxueuse résidence hôtelière située à Majorque, elle peut difficilement refuser. Elle est seule, sans emploi… et enceinte ! Mais, quand il la demande en mariage, elle ne sait plus que penser. Certes, il ne s'agirait que d'une union de convenance qui permettrait à Cassie de donner à son enfant un foyer, mais peut-elle accepter de s'unir à un homme qui ne l'aimera jamais ?

L'héritier de l'orage, de Jennie Lucas - N°4448

Un violent orage frappe les Hamptons, mais il faudrait bien davantage que des éclairs pour décourager Honora, venue frapper à la porte de Nico Ferraro ce soir-là. Le milliardaire italien, avec lequel elle a passé une nuit six mois plus tôt, doit savoir qu'elle attend un enfant de lui ! Hélas, leurs retrouvailles ne se passent pas du tout comme elle l'imaginait. Frappé d'amnésie, Nico a tout oublié de leur liaison. Pire encore, il exige maintenant que Honora l'épouse, dans l'intérêt de son héritier…

Princesse pour un an, de Cara Colter - N°4449

De retour dans sa ville natale, Maddie mène une vie plutôt morose. Jusqu'à sa rencontre avec un bel étranger qui fait aussitôt battre son cœur très vite. À force de promenades dans les criques secrètes des environs, tous deux apprennent à se connaître et se rapprochent. Et c'est avec stupeur que Maddie découvre bientôt qu'elle est tombée amoureuse… d'un prince ! Mais sa surprise grandit encore quand Edward Alexander de Havenhurst lui révèle qu'il doit se marier et qu'elle serait pour lui l'épouse idéale – mais pour une année seulement !

Amoureuse d'un mystérieux patron, d'Ally Blake - N°4450

Regard intense, cheveux noirs et barbe de trois jours. L'homme sexy qu'Evie croise chaque jour dans le train la fascine. Qui est cet apollon ? Et où va-t-il ? Alors qu'elle pense à lui sans arrêt, Evie découvre avec stupeur que son bel inconnu n'est autre que son nouveau patron ! Dès lors, elle doit veiller à garder secrets les sentiments qu'il lui inspire, bien malgré elle. Armand Debussey lui est interdit, même si son cœur lui crie le contraire…

Liaison torride à New York, de Melanie Milburne - N°4451

SÉRIE : *OBJECTIF PASSION* - 3/3

Une nuit torride à New York ? Voilà une perspective très tentante pour Zoey. D'autant que le don Juan qui cherche à l'attirer dans son lit n'est autre que Finn O'Connell, l'homme le plus sexy qu'elle ait jamais rencontré. Seulement, pour que cette possible aventure reste sous contrôle, Zoey doit se montrer prudente. En effet, jamais elle ne devra oublier que Finn est un homme impitoyable, prêt à tout pour obtenir ce qu'il veut – et son plus grand rival en affaires…

L'amant de Hawaï, de Cathy Williams - N°4452

SÉRIE : *LE MYSTÈRE DES STOWE* - 1/3

Odieux. Max Stowe, le nouveau patron de Mia, est insupportable d'arrogance – mais aussi incroyablement sexy. Pas question pour elle de céder à l'attirance qui la pousse vers lui. En effet, cet homme n'est que de passage à Hawaï, pour retrouver sa sœur mystérieusement disparue, et se lier à lui serait une terrible erreur. Pourtant, dans le cadre paradisiaque qui les réunit, Mia succombe au désir pour quelques nuits interdites...

Étreinte scandaleuse, de Dani Collins - N°4453

SÉRIE : *LES SŒURS DU SECRET* - 2/2

Traquée par une horde de paparazzis qui la confondent avec le célèbre mannequin Oriel Cuvier, Nina trouve refuge chez son ex-amant. Grossière erreur ! Si Reve Weston accepte de lui prêter secours face aux tabloïds, c'est à la seule condition qu'elle s'installe avec lui, dans son luxueux *penthouse* new-yorkais. Là, tous deux devraient pouvoir se mettre à l'abri du scandale. À moins que leurs retrouvailles passionnées ne l'attisent davantage encore...

Le secret d'une nuit de passion, de Lynne Graham - N°4454

Une nuit, une seule, au cours de laquelle elle a cédé à l'attirance irrésistible qu'elle éprouvait pour un inconnu... et la voilà enceinte ! Sous le choc, Grace ignore comment réagir. Cacher à Leo sa paternité ne serait pas juste, elle en a bien conscience. Mais, malgré l'alchimie parfaite qui a opéré entre eux ce soir-là, Grace le connaît à peine. Ce dont elle est sûre, en revanche, c'est qu'un tel imprévu risque de fortement contrarier l'avenir tout tracé de ce séduisant homme d'affaires. Car aujourd'hui Leo Zikos est fiancé à une belle héritière censée lui assurer un avenir professionnel florissant...